山崎るり子詩集

Yamazaki Ruriko

Shichosha
現代詩文庫
185

Gendaishi Bunko

思潮社

現代詩文庫　185　山崎るり子・目次

詩集〈おばあさん〉全篇

詩集〈だいどころ〉から

詩集〈風ぼうぼうぼう〉から

未刊詩篇〈お絵かき〉

散文

詩人論・作品論

装幀・芦澤泰偉

詩篇

昔話

あのころのおばあさんは
と　このごろのおばあさんは言った
みいんな腰曲がりで
土を舐めなめ歩くような
そんなふうだった
足元を横切る鳥の影見て
空の鳥を想ったもんだ
たまあに
膝伸ばし腰伸ばし
背中伸ばし首伸ばし
朝顔のつるのようにして
まぶしい光
目の中に入れてみることもあったが
ボショボショした目が
もっとボショボショするだけだった
いつも縁側にこちょんと座って
虫食い豆選ったり
蕗の皮むいたり
あくっぽい親指して
ぼきぼき折れる言葉で
昔話してくれたもんだ
むかしむかあしの　こんだったがなあ

このごろのおばあさんは　そんなふうにして
私に昔話してくれた

春一番

風が窓を叩く
南の窓に　ロックのリズムで
体当たりする
庭の木々は

髪ふりみだして　踊っている
体裁など捨てて
くねっている

窓スクリーンのこちら側は
何一つ動かない
八十八になるおばあさんは
口をうっすら開けたまま
ソファーにもたれて　眠っている

花瓶には　紅い花
瞬きして目を開けたら
落ちているかもしれない花びらも
今はまだ
花のかたちで
そこにある

道

ああ　あのおばあさんなら知ってるよ
春のはじめにああやって
冬の間にできたアスファルトの道を
足を引きずりながら
杖でたたきながら

　トトントン　トン
　ゆっくり行こう
　あわてて行く道じゃない

これは内所の話だけれどね
眠っている間に閉じ込められた
地面の下の虫たちと
一緒に歩いているんだって
かえるやみみずやありんこや
せみやかなぶんの幼虫
みんな連れて行くんだって

土のあるところ　草のあるところ
木のあるところへ

トトントトン　トン
ああゆっくり行こう
あわてて行く道じゃない

しぃーっと唇に当てた人さし指のように
まっすぐに伸びた道
あの道の下に
杖の音をたよりに進む
虫たちの行列
細い一すじの道
いつか
春らんまんの光の中に
続く道

春

「きれいな絵ですね」
少女はおじいさんに話しかける
はじめての人におそるおそる
少女は小さなカメラを握っている
撮るのはいつも空ばかりで
だれともはしゃがず
空ばかりで

「きれいな絵ですね　描いているところ
撮らせてください」
そう言おうと思っていた
思い切って
おじいさんがこっちを向いてくれたら
目で笑ってくれたら

今は春で
あふれていて

緑が公園にもスケッチブックにも
あふれていて

おじいさんは描こうか迷っていた
緑の中で遊ぶ子供達
もっと近づこうか　迷っていた
いままで景色しか描いたことが
なかったので
このところだれとも話をして
いなかったので

「きれいな絵ですね」
風が来て
木々の葉っぱを光らせる
遠くの方から　こちらの方へ
スケッチブックが
ペラペラペラまくれ
おじいさんはふり向かない
風は行ってしまい
行ってしまい
少女は引き返し
また空ばかり
撮っている

風景

せっかくの大型バスが
あんなに小さくなってしまった
除草剤がだんだら模様にした道端を
右と左と別れのテープみたいに引っぱって
奥へ奥へ
春の風景の中をバスは
奥へ奥へ
もう見送る子供の
親指の爪くらいだ
バスに乗って行ったおばあさんは

どうなっただろう
おばあさんの手下げ袋は
袋の中の家族写真は
どうなっただろう

あ　飛行機
飛行機は小さくてもいい
空高く　行くのだもの

夕春

突然
一面
花
津波のように
押し寄せてくる
花の中で

子ども達は　迷子になり
人さらいに
さらわれる

もういいかあい
もういいかあい

鬼がいくら呼んでも
だれも　答えない

目かくしの両手はずせば
おばあさんが
ひとり

日なたぼっこ

おばあさんと犬が
明るい小さな庭先で

日なたぼっこしている
おばあさんは籐の椅子に腰をかけ
犬は足元にうずくまり
子供のころから今までの
子犬のころから今日までの
時間を虫干ししている

陽はしんしんと降りつもり
風はうさうさ　かきまぜる

おばあさんの時間の中を
犬の時間がかけぬけて
今は一緒のおばあさんどうし
午後の陽の中に
おんなじ時間を
並べている

まり

「わたしをさがさないでね
わたしは引き出しの奥にはかくれていない」
みんなそんなふうに言って
かくれてしまって見つからないのです

「わたしをさがさないでね
わたしはハナミズキの小枝にはもういない」
いつもスズメを追いかけていた三毛猫のまり
朝がたの夢の中にも見つからないのです

「わたしをさがさないでね
わたしはカラスノエンドウのしげみにはもういない」
まり、まり、
とつぜん現われて　びっくりさせるつもりなの?
三十年前の姿のままで

「わたしをさがさないでね

わたしはどこにもかくれていない」
スズメのいた小枝はまだ揺れている
まりのいた草はらはほっこりと
まだあたたかい

雨

おばあさんは
いつも大きな傘さして
会う人ごとに
「よく降りますねぇ」と言うのです
どしゃぶりの日も
晴れの日も
黒い大きな傘さして
会う人ごとに
「よく降りますねぇ」と
おばあさんにだけ降る雨は
いつまで降り続くのか
しょぼしょぼした目は
古い映画の画面のような
ぬれない雨を映しているのか
よく聞こえなくなった耳には
雨音だけが響いているのか
それはだれにもわからないのですが
おばあさんに会う人たちは
「本当によく降りますねぇ」と答えます

おばあさんは
おじいさんの使っていた
黒い大きな傘さして
雨の中一人
出かけて行くのです

おばあちゃん

「どうしておばあちゃんは
　まだ生きているの？」
「まだお役目が終っていないんだね」
「おばあちゃんはいつ死ぬの？」
「お迎えが来たらね」
「お迎えはいつ来るの？」
「わからない　おばあちゃんにも
　わからない」
「どうしておばあちゃんの手は
　シワシワなの？」
孫は次々に聞いてくる
赤ずきんちゃんのように
おばあさんは病院のベッドで
オオカミのように用心深く
ふとんの中に手をかくす

子どものころ
おばあさんも似たようなことを
聞いたことがあった
おばあさんのおばあさんに
よく回らない口で。
おばあさんのおばあさんは
あまり回らなくなった口で
何と答えたか
おばあさんには思い出せない

孫は笑顔でいっぱいの
プチプチしたほっぺたを近づけてくる
おばあさんは丸ごと飲みこんで
お腹の中にかくしてしまいたい
帰って行ってしまわぬように

おばあさんはやさしい声で孫に言う
「おばあちゃんのおしゃべりで
　おまえのお腹を
　いっぱいにしちゃっておくれ

ものがたりのおしまいが　このままずっと
　来ないように」

ずーっと　ずーっと
来ないように

蝶

ただ　ただ　じいっと
待って
待って
待って
待って

雨上がり

蝶は自分を
放り出す

光の中に
めまいのように

さっきまで
雨をはじいていた鱗粉が
きらきらと
光に濡れる

かまきりのひそむくさかげ
しずくをつけておもくなったくものす

そんなものは
何も見えず
何も見ず
今　光の中に飛び立つことが
生きていることへの
感謝になる

蝶

ナマズ

大さわぎしてもよかったのだ　みんなで
団地じゅうの　みんなで
稲は重い穂を垂れて
こすれ合う葉を金色に透き通らせているのに
あのおばあさんは　もういない

「ほら　あすこあすこ　苗の根元に
　黒い背中が見えるでしょう
　もうずーっとああしているんです」
田植えのすんだばかりの田んぼ道の真ん中で
おばあさんは道行く人に呼びかけていた
「迷い込んで水に置いていかれたんです
浅くなって動けないいんですよ
もうずーっと二時間も
ああしているんです」
「ほう　二時間も」
「30センチはありますねぇ」

「どうするんでしょう　これから」
犬の散歩途中の人は
一通り感心したり心配したりすると
立ち去って行く
おばあさんはナマズを指さして
また次の人に声をかける
「どうするんでしょうねぇ　これから」

ああ　あの日
大声でかけ回ればよかった
大きなナマズがいるよ
あのおばあさんが見つけたんだよと
そしてみんなで
おばあさんを囲んで聞けばよかった
ほう　ほう　とうなずいて聞けばよかった
二時間もナマズを見ていたおばあさんの話を
息子と暮らすためここに来て
二ケ月が経ちましたとか
ここの暑さにはたまげましたとか

そんな話を　聞けばよかった
田植えがすんで　ぬるく光った水に
苗が行儀よく並んでいた
あの日

別れ

飛べない鳥もいましたねぇ
飛べない鳥もいました　歌わない鳥も
さようなら
たくさんのいろいろな鳥たち
見えなくなって来ました
さようなら　光
だれかいるのですか
あたりがしんとして　もう何も
ここにいますよ
ここにいますよ
もう何も

さようなら　言葉
そんなふうに一つ一つにお別れをして
横たわるものになっていく時

時間は止まったか
籠の中でひしめきあっていた鳥たちは
開けはなされた窓から
飛んで行ったか
飛べない鳥も　一ぴき残らず
飛んで行ったのだろうか
もう　何もない

それでも夜明けはやって来て
ちぎれた闇のような鳥が一羽
朝焼けの空を
鳴きながら

森へ

森へ行くんだよ
出口のない森へ
今までの年月を
ジュズダマつなぐようにつないで
首にぶらさげ
森へ行くんだよ

木いちごの黄色い実が見つかれば
そこはたのしいところ
木いちごのやぶ陰が気になれば
そこはこわいところ
木いちごのトゲに立ち止まれば
そこはさみしいところ

遠くの風の音を聞きながら
木もれ日ゆれる苔にねむれば
静かな一本の木になれる

そんなところへ
これから行くんだよ

ねむり

あめがふったら
あめのおと

いつかきいたね
あなたと

おなかのなかで
ひざのうえで

いつかきいたね
そういえば

そしてわすれた

もりのなかで
つちのしたで

きいたね

ぽなぽなぽなぽな
ぱなぱなぱなぱな

僕のおばあさん

おばあさんはニャアと鳴く
歯のぬけたトンネルの口を
光の方に向けて
ニャアと鳴く
しわの中で　目が細くなる
夏　家の中の
一番涼しい場所で

おばあさんは　ニャアと鳴く

おばあさんはツメを立てる
カッとつぜんするどく
お母さんの手から
血がこぼれる
僕はピアノで
ネコふんじゃったを　ガンガンひく

おばあさんは一日中
とろとろねむる
うす目を開けて
ごろごろのどをならして
冬　家の中の
一番暖かい場所で
おばあさんは　とろとろねむる
僕はいつも
そおっと　歩く

待っている人たち

夜のマンションは
縦×横×高さ　です
そびえ立つ　共鳴箱です

ああ　どこかの棟で赤ん坊が泣く
おろおろと
100のマンションが　振動する

ほら
噂も　妬みも　沈黙も
ひっそりと　ひっそりと
闇の中で　共鳴している

ああ　どこかのドアでベルが鳴る
玄関の明りが点る
おかえり　おかえり　おかえり
ああ　笑い声もする

100のマンションに
明りが　点っていく

桃

桃は暗やみで食え　と
おばあちゃんは言った
桃を食おう
暗がりの中で　ぼんぼりのような
桃を食おう
すなすなするうぶ毛も
小さな虫も虫穴も
全部一緒に丸い桃
両手でしっかり爪たてて
何も見なかったことにして
何も感じなかったことにして
暗やみの中
ピチャルピチャル音たてて

汁だらだらしたたらせ
甘くてひんやりで
生あたたかい桃
かぶりつこう

おばあさんが行く

おばあさんはいつものスーパーで
おじいさんのためのいつもの仏花
買うのをやめて　今日は自分のた
めに　遠くの村で色づいた　紅い
ほおずき三本　買いました

おばあさんが歩いて行く
歩道のまん中を
曲がったひざを外側に向けて
こわいものなど何もない
どけどけそこどけ　みんなどけ

というふうに　歩いて行く
あんなふうに歩いてもいいのだ
小さな子供と　おばあさんは
子供は　母親がすくいあげる
おばあさんは　いつか神様が
すくいあげてくれる

カンカンと陽の照る道を
紅いほおずき三本にぎり
揺れながら　どうどうと
おばあさんが行く

水族館

へんですか
陸地の空間に
水を囲む箱を置いて

色とりどりの
海の魚を　泳がすなんて

水が黒いインクのようではなかったので
良かったです
私たちには　魚がよく見える

透き通った板で分かれている
透き通った水と
透き通った大気

魚は内側がすべてです
私たちのすべては
内側もかかえて　ふくらんでいける

いつか
膨張しつづける宇宙の片隅で
水の入った箱の中の
魚になる　私たち

箱がくだけて
内側が外側になる
夢を見る

おばあさんのタンス

おばあさんはタンスに隠す
びわの実　一つ

下着をかぶせて
おまじないする
やんちゃな小鳥が
つつかぬように

引き出し閉めると
ほっとして
おばあさんはとろとろ眠る

眠りの中でおばあさんは
びわの木見上げて歌っていた
昔のように歌っていた

びわの実　びわの実
この手の中で
暖まっておいき
ふところの中で
眠っておいき
びわの実　びわの実
冷たい　びわの実

目をさました時
おばあさんは忘れている
タンスに隠したびわの実のこと

もう夕方で　西の陽が
タンスも部屋もおばあさんも
びわの実色に　染めて行く
タンスも部屋もおばあさんも
びわの実色に
暮れて行く

杖

「甘いものが好きになってね
大きいくろあめ
あれは　えー　205円
いや、あー　205円か
一袋がね　一日で終わっちゃう
二つ口に入れるのね
あめが口の中で　ゴロヤロゴロヤロしてね
甘く　あまく　溶ける
あーいった小さいもののお金が　意外にかかっちゃうね
ご飯炊くのも上手くなったよ　おいしいよ
お鍋でね

火はずーっと同じでいいの
ふいたら蓋取って
周りの泡がジューウとしてなくなって
まん中の泡も消えてきて
ピチピチピチいってきたら
蓋して火を消すの
ころあいがむずかしい
おいしく炊けるよ　とてもおいしい
なんでも自分でやるよ
この杖も作った
赤い実がなる木だったの
持つところね　根っこだったところ
根っこにぎりしめてね
ゆっくりゆっくり行くよ
では　お先に」

おじいさんは杖を持ちかえて
病院の待合室のドアを開ける
外はギラリ真夏

若者は手ぶらで
スックスックと足長のGパンツ
感光されて
もう
見えなくなってしまった

お帰り

おばあさんの名前つけたパソコンに向かい
おじいさんは今日も　キーボードたたく
『お元気ですか?
私は元気
一人暮らしは　快適です』
おしゃべり相手はずっと
パソコン通信の仲間だけで
近くのコンビニで

だまったままで買物をし
お仏壇の水を替えて　チーンとやって
一日が暮れていく
今日もまた　暮れていく

ある日
玄関が大きく開き
「お父さん、元気ですかぁ」
と息子の声
おみやげかかえたお嫁さん
夏休みでやって来た孫たち
「おじいちゃん！
　おじいちゃん！
　おじいちゃん！」
おじいさんに呼びかけてくる
本物の生きものの声

おじいさんは　びっくりし
ドギマギし
振り向くのがこわくて
何か言うのがこわくて
キーボード打つ

『お帰りお帰り　お帰りお帰り
　おかえり　おかえり
　おかえり　おかえり
　おかえり』

空

おじいさんは白い鳩を飼っている
白い鳩は年よりで
おじいさんくらい年よりで
手品師のおじいさんが
まるめたスカーフの中から
パタパタパタと
羽を広げた鳩を出すと

みんな拍手かっさいするのだけれど
鳩は次のシルクハットの手品がはじまるころ
金色のTの字型の止まり木から
クルリパタンと落ちるのだ
一番前で見ていた男の子が
ひろいあげてくれて
止まらせてくれて
本番中に寝ちゃだめだよと
小声で言ったのだが
鳩は手品がすっかり終るまでに
もう一回　落ちたのだ

おじいさんは手品師の中で
一番の年よりで
鳩くらい年よりで
まるめたスカーフの中から
鳩を出すのもゆっくりで
とてもゆっくりで
目をしょぼしょぼさせて

スカーフを持ちなおし
もう一回持ちなおし
パタパタパタと
白い鳩がやっと羽を広げて出てくると
みんなホッとして
拍手かっさいなのだった

どこかの町の小さな舞台で
おじいさんは出した鳩を
とまり木には止まらせず
舞台の横のガタピシいう窓を開け
空へ――
みんなシーンとして
パタパタパタと羽はばたかせて
飛んで行く鳩を見る
鳩がすっかり見えなくなって
みんな空がまぶしくなって
しょぼしょぼした目で舞台を見ると
そこにおじいさんはいなくて

どこにもおじいさんはいなくて
止まり木もスカーフも
花もシルクハットも消えていて
鳩の白い羽が一枚
ゆっくりゆっくりと落ちてくる

そんな手品を最後にしようねぇ
おじいさんは一人ぐらしのアパートで
鳩に話しかける
鳩はだまって空を見ている
鳩の目の先の青い空をおじいさんも見る
どこまでもどこまでも続く
青い空

壁の向こう

壁の向こうは何？　と子供が
壁の向こうは　海かしら
海は壁の向こうを流れているのですか？
海はここにも　流れている
壁の向こうには鳥がいて
私は目が開かないので
いつもそこにいるのかと聞くと
飛びたちました
ここ数週間
こちら側はどんどん広くなり
壁はどんどん遠ざかり
毎晩同じ夢を見ていたので
出たい　と言うと壁は高くなった
子供は外側を知りません
母親はいつも内側にいて
内側が好きだと　言っています

にらめっこ

さみしいと言ったら

負けになると思っている
おくびにも出さずに
暮らしている

おばあさんが一人
友達の三回忌から帰って来る
昔のことを思い出しながら帰って来る
女の人が
赤ん坊と粉ミルクをかかえて帰って来る
明日のことを考えながら疲れて帰って来る
小さなアパートに明りが二つ点る
おばあさんはニイマルサン号室で
女の人はニイマルヨン号室で
鏡を相手に
にらめっこしている

負けても勝っても笑えるような
そんな日常はないだろうか

泣いたら負けよ
あっぷっぷ
あっぷ　あっぷ　あっぷっぷ

雨の日

雨が町に垂直に降って来る
犬は犬小屋で雨を聞いている
止むまでこの形のままでいようと決めて
寝そべっている

家の中で金魚が雨を聞いている
雨音が激しくなっても
少しも揺れない水面を
プツプツつついてみている

その横で鉢植えのポトスが雨を聞いている

どんなに聞いても濡れてこないので
も少しと　若い葉を持ち上げている
おばあさんは台所の椅子に座り雨を見ている
あと五分したら
特撮でテレビの画面に入って行くように
あの雨の中に入っていくのだ
買物籠下げて

薬

「薬飲めるうちが花さ
　死人にゃ薬は出さないやね」
お盆の上のいく種類もの薬を前に
ため息ついてる女の人に
隣のベッドのおばあさんが言う
「さあさあ　元気出して」
雲が動いて三階の病室が暗くなる
遠くの木々が風に波打ちはじめる
おばあさんは自分の粉薬の袋を破り
窓を開けて逆さまに振る
「元気になあれ　元気になあれ
　街も人も　木も草も」
六人部屋の全員が　窓に近より外を見る
薬をのどにやるように
ほんの少し雨が降り
雲が行き
午後の陽が斜めに射して来る
窓の下の濡れて光った道を
若者が行く
リュック背中に二人
楽しげに

早秋

弱った蝶を

そっと葉っぱの上に乗せるように
季節の上に　そっと
乗せられている

すぎていく8月
やってくる9月

次々と来る眩しい時の上で
背中を丸くして
しがみつくものを　探している

遠い夏の日
鳳仙花の花で染めた爪
あの紅い色はどこへ行った?
あのお河童頭の子どもは
どこへ行った?

このまま
ここにいていいのですか
こうしていていいのですか
わからない
このごろ
私がだれなのかわからない
「おばあさん」と呼ばれれば
振り向くけれど……

銅像

公園の池に
お酒の缶持ったまま
おじさんが落ちた
みんなびっくりしたけれど
バシャバシャバシャバシャ
立ち上がったら　水はひざまでで
やれやれだ　でも
着替えも　冬ものも
夏ものも　お出かけ用も

一度に濡れてしまった
全部　着込んでいたので

お酒の缶持ったまま池から
よろよろよろはい上がったおじさん
みんな見なかったふりして
急いでそこから離れたけれど
お酒は水割りになってしまったろう
今夜は冷え込むだろう
寝ぐらのベンチは堅いだろう
みんな何も考えないように
忙しいふりして
行ってしまったけれど

忙しくないおじさんは
公園のまん中の
町の自慢の銅像の横で
じっと立ったまま
しずくが　ポタポタポタ

夕日にライトアップされて
ずっと立ったまま
しずくが　ポタポタポタ

秋

くるぶしから下が水の中にあるのです
水がからみついてうまく歩けず　そのうち
すっかり冷えてしまって　しびれたようになるのです
水位はいつもくるぶしまでで
階段を一つ上がると水も一段上がって
やっぱりくるぶしから下が
水の中なのです
と言うとその人は
それはあなた、人魚だったころの名残ですよ
足が尾ひれの感覚を思い出そうとして
うまくいかないのでしょう
と言い

実は私はふくらはぎから下が泥の中なのです
泥から足を引きぬかなくては前に進めない
なかなかつらい歩き方になります
とつらそうな顔をする
泥の感覚というと何の名残でしょうか
と聞くと
うーんとうなって
カッパのようなものと思います
お腹の皮に砂の感触があるという人もいます
時々はいずりたくなるそうです
と歯のない口で笑う
私達はどこか強引にねじ曲げられて
今のかたちになってしまったのかも知れません
秋の陽の中で目を閉じて
細胞の一つ一つを研ぎ澄ませていけば
ほんとうの姿が見えてくるかも知れません
暗い淵からやって来た行列が
ぞろぞろとどこへ行くのかわかるかも知れません
私達はベンチに並んで座り
特別養護老人ホームの上の白い雲を
はるかな遠い目をしてながめた
それから木犀のかおりに包まれながら
私達がありとあらゆるものだった太古のころ
を　思い出そうと
目を閉じた

仲間

残り少ないシャンプーに
湯を足し振っている人も
薄められ揺すぶられて泡立つシャンプーも
酸化する
老化する
風化する
夢を見ている年老いた番犬も
夢の中で吠えている　若かりしころの番犬も
七日後に二十になるフリーターも

その日に向かって　突進していく時間も
酸化する
老化する
風化する
スピード少しずつ変えて
みんなみんな

待って、
私も
参加する
老化する
風化する

どの色を折ろうかながめている青い服の私
見つめられていることなど知らず
風に揺れているコスモス
一緒に老化することで
私はあなたたちを見捨てない
一緒に風化することで
私は私を　一人にしない

箱

「少しお話をしましょう」
とお医者さんが言いました
「あなたあてにある日　どこからか荷物が届いたとしま
　す」
「私に荷物が？
荷物が届くなんてこと　もう何年もなかったです」
とおばあさんは言いました
「小さいの　中くらいの　大きいの
おばあさんに届いた荷物は
どのくらいの大きさにしましょう」
「大きいの」とおばあさんは答えました
「かかえきれないほど大きな大きな箱です
ああ　郵便配達の人が持って来てくれるのでしょうか
ハンコはどこへしまったかしら」

とおばあさんはそわそわしました
「小さな小さな荷物が届いたという人がいましたよ」
とお医者さんは言いました
「中には見たこともない種が入っていたということです」
「ああその種はきっと」
とおばあさんは言いました
「見たこともない花を咲かせたのでしょうね
風が吹くたびいい匂いをまき散らして……
どんな実をつけたのでしょう
食べたこともないおいしい実が
次々と枝に下がったのでしょうか」
「中くらいの荷物が届いたと答えた人もいました」
とお医者さんが言いました
「中には靴とドレスが入っていたそうですよ」
「ああそのドレスはきっと」
とおばあさんは言いました
「たっぷりとひだがとってあって
くるくる回ると広がって
綿菓子のようにふうわりと　踊り子を包んだのでしょうね
靴は赤いエナメルでしたか?」
「さあ」とお医者さんは少し困って　それから
「さて」と本題に入りました
「おばあさんに届いた、大きな大きな箱には
何が入っていましたか?」
「私に届いた大きな大きな箱には」
おばあさんはゆっくりと大きな声でくり返し
箱を開けてのぞくような格好をしました
それからちょっとうれしそうに言いました
「何も入っていません」
「何も入っていない?」
「ええ　何も
なあんにも」
おばあさんは決心したというように　深呼吸を一つすると
どんどんとその箱に入り
ふたを閉めるとそのまんま
もう出て来ませんでした

窓辺

「私　あの人苦手」
という人もあるだろう
あの人　というのは私のことで
今年　八十四になるらしい

何をしても笑ってもらえるのは
生まれたての赤ん坊くらいで
長く生きてしまうと　そう簡単に
好きになってもらえない

「あの人　ベッドに座って
　こわーい顔して
　こぶしを振りおろすのよ
　くり返し　くり返し」
ボランティアの人が
新しく入った人に
私のことを話している

今日もただ
窓から射し込むいい陽を浴びて
豆を打っているだけなのに
よく乾いて
シャカシャカ音する豆の束を
漬けもの石に打ちつけているだけなのに
パチパチはぜる豆つぶが
相手の顔に　当たってしまう
らしいのだ

街角

あの日は　通(とお)ってしまった
あの日も
あの日も　もう
通(とお)ってしまった

街では若者が楽しそうだ
おばあさんにはもう使えない言葉で
もう笑えない話で
あんなに笑っている

うしろからランドセルを鳴らして
子どもが来る
おばあさんを追いこし
若者を追いこして
走って行く

通り過ぎてしまった場所から
新しい時間へと
みんなを追いこして
こわがりもせずに
どんどん
どんどん
子どもが走って行く

腰が曲がったら

ギッチイ　ギギッチイ
うばぐるま押してどこまで行こう
うばぐるまには昔
赤んぼうが入っていた
赤んぼうは光の束を食べようと
両手あげて空をかき回してた
よだれだらだら流してね

ギッチイ　ギギッチイ
うばぐるまには昔
おじいさんが入っていた
「ちょいと生まれてみたんだよ」と
おじいさんは言った
「どんなふうかと思ってね
　死んだらまた　ふわふわ漂うのさ」

ギッチイ　ギギッチイ

うばぐるまには今
つけもの石がデーンと一つ
からっぽだったら　ひっくり返る
よりかかって行くからね
さて
ギッチイ　ギギッチイ
うばぐるま押して
どこまで行こう

平均寿命

平均寿命より　少しでも
多く生きることができたら
おまけのぶんを
もらってもらおう
お母さんに抱かれたまま
夏の終りに逝ってしまったあの子に
もらってもらおう

足りないぶんは
左となりのおばあさんからも
右どなりのおばあさんからも
あっち向かいのおばあさんからも
とびっきり上等の時間ばかり集めて
あの子の一生のうしろにくっつけてもらおう
町中のおばあさんの
余分を合わせたら
あの子もおない年になる
ケーキに立てたローソクの火を
一緒に吹き消そうよ

夜

「とこや　変えた方がいいですよ
　私の行きつけ　教えましょうか」
散髪はとこやとしか考えられない人が
一杯つぎながらおじいさんに言う

おじいさんは白髪頭をかきながら笑っている
おじいさんはもう何十年も床屋に行っていない
次の日曜日には
又おばあさんにチョキチョキやってもらうのだ

そんなおじいさんが亡くなって一年がたつ

ガラガラガラ
おばあさんは夜
一人の家の　雨戸を閉める
半分まで閉めると庭に向かって
「おやすみ」と言う
暗闇の向こうには犬のクロがいて
しっぽを振って応えてくれる
クロの横に　クロをかわいがっていた
おじいさんが立っている
おじいさんがいた場所は
今もおじいさんの場所
こっちを向いて　笑っている

そこに何があるかわかっていれば
目の見えない人に暗闇なんかないように
おばあさんには
今夜もおじいさんが見える

ガラガラガラ
残りの雨戸が閉められて
闇が広がっていく
夜が深くなっていく

豆

おばあさんは　きのう
明るい縁側で　豆を選った
虫食い豆を　一つ一つ
曲がった指で　摘まみ出した
おばあさんは　ゆうべ

豆を水に浸した
「もとの自分にもどっていいよ」と言って
布巾を被せた

きょう　おばあさんは
豆の入った鍋を　火に掛けて
そっと蓋をする
それから近くの椅子にすわり
背もたれに　寄りかかる

お鍋は　ことことことこと
火は　とろとろとろとろ
おばあさんも　とろとろとろとろ

小春びよりのひるさがり
おばあさんは
固いものを
やわらかくする仕事を
している

（『おばあさん』一九九九年思潮社刊）

詩集〈だいどころ〉から

この世

テーブルの周りには　五つの椅子
テーブルの上には　五つの皿とスプーン
いつも
五人ぶんの食事が用意され
台所はあたたかく
一日がゆっくりと過ぎて行く
ある日一人がいなくなる
食卓のまん中の花瓶の花は
一つ散ると
一つ咲き
空いた椅子には
またーだれか　座るだろう

テーブルの周りには　五つの椅子
テーブルの上には　五つの皿とスプーン
いつも
五人ぶんの食事が用意され
台所はあたたかく
一日がゆっくりと流れて行く

朝

食事ですよ　と階段の下で母親が呼んでいる
冷めますよ　ともう一度
早く食べないと冷めてしまいますよ

二階の子供の部屋はしーんとしたまま
扉は開かない

台所のテーブルの上には
ゆでたブロッコリー
焼きたての目玉焼きと
焼きたてのチーズ乗せパン
黒のマグカップには　湯気立つ紅茶

冷めてしまいますよ
早く食べないと学校に遅れてしまいますよ

母親は台所と階段の下を行ったり来たりする
早くしないと冷めてしまうのに
パンも卵も冷めてしまうのに
あの子は三日前から学校に行っていない
冷めてしまうのに
学校だって冷めてしまうのに

食事ですよ　と母親は叫ぶ
階段の真ん中あたりで
早くしないと何もかもが
冷えてしまう
あの子の人生と

私の人生が冷えてしまう
母親は階段を上りきり　ドアを叩く

遅れないように
幼稚園に　小学校に　中学校に
遅れないように
友達からも　だれからも
遅れてしまわないように
毎日毎日　朝の食事を
作って来た

返事はなく
ドアは開かず
母親の声も冷めて

家々からも道路からも
朝のあわただしい時間が消えたころ
子供はそおっと下りて来て
台所で一人

冷えた紅茶をすする
チーズは固くなっている
ブロッコリーは乾いている
もう遅れてしまったのだろうか
取り残されてしまったのだろうか
冷たい目玉焼きにフォークを刺すと
かくれていたものが
とろおりと流れ出す

少年A

彼はふつうの子供ですか?
ふつうの子供です
いや　ふつうの子じゃあない
きのうの朝に
味噌汁の菜を刻もうとして
指を切ったそうだ
注意していけよ

きずをおってる
それに夕べは
寝込んだ母親の横で
妹をひざに抱いていたそうだ
注意していけよ
守ろうとしている

それから今朝だ
ゴミ出しの時に出会ったら
大きな声で
おはようと言ったそうだ
注意していけよ
おどそうとしている
注意していけよ
キバをむくぞ　ツメをたてるぞ
彼はふつうの子じゃあ
ないのだから

海

息子は青い海の深いところから
帰って来るので
しずくがボタボタと台所の床に垂れる
どうしたの？　びしょぬれじゃないの
（母親にだけそれが見える）
毎晩毎晩　海は深くなっている
（ようだと母親は思う）
息子は何も言わないので
母親もだまっている
翌朝
いつものように息子が出て行くと
母親は床の水を（母親にだけ見える水を）
四つんばいになって拭き取る
私の海から
あの子はびしょぬれで出て来たのだ
口にくわえて運べるほど小さかったのに
もうすっかり大きくなってしまって

今はどんな海の底で　育っているのだろう

息子の出て行った部屋は
暗い潮のにおいで満ちていて
海草の重いカーテンを引き寄せると
プラモデルの船が形を離れ　パラパラと
沈んで行った

キッチンドリーマー

日常が風のようなものに吹かれて
カラカラカラと回っているとき
キッチンでは　ドリンカーが一人
料理酒を茶碗にそそいでいる
一杯目で勢いづき
「忘れたあ　みんな忘れたあ」
三杯目でもう
しがらみみんなほどけて
換気扇回し　吸いこまれて行く
高く高く上って行き
雲の間から
ずらり並んでいる北向きの台所を見る
いくつもの似たような台所の中から
「ほら　あそこ」
自分の台所を見つけて
台所から雲のことを想うように
雲の間から　台所のことを想ってみる
はだしでこっそりと勝手口からもどって
残った料理酒でコトコト
おいもの煮っころがしを作る日常のことを
思ってみる
飛行機雲を崩し
みだれ雲を千切って
長い長い午後をつぶし
雲も街も台所も
ほろ酔い色に染まるころ
おいもの煮っころがしのいいにおいが

そこら中の台所から上って来て
カ　ゾ　ク　ダン　ラン
忘れたかった言葉が
空いっぱいに漂って来る

「いつまでそんなところにいるの？
早くお帰りよ
いつも私はここにいて
ずっとずっと　見ているよ」
どこか遠くから
なつかしい声

「おかあさん」

カラカラカラと
何かが思い出したように回りはじめ
遅れたものたちを抱きしめに
夜が
ゆっくりとやって来る

海の上で

「王様の耳は　ロバの耳！」
夜
床屋は地面の穴に向かって叫んだが
女は北向きの小さな台所の
流しの穴に向かって叫ぶ
心の中のありったけを
それから水をチョロチョロッと流して
一日を終りにする

昼
そんなもので詰ったりしないように
下水を掃除しながら女は
いつか行った海の上で　いまごろ
自分の秘密と愚痴が　波のように
揺れているんだろうと思う
くり返し　くり返し
揺れているんだろうと思う

皿と魚

さあ務めを果たそう
ここで一日を始めよう

台所のテーブルの上では
磨かれた皿が
乗せるものを待っている
「運命というものは最後は
　磨かれた皿の上に乗るんだよ」
何万という群れの中の一ぴき
一ぴきの青い魚の不運を
乗せる皿
花の絵でかざられているその皿を
磨いたのはだれですか?
もう死んでいて　キナキナと光る魚
それを料理したのはだれですか?
魚の皿を囲み
みんなでおいしく食べた
きれいにすっかり食べた
不運まですっかりと食べてしまった

さあ務めを果たそう
ここで一日を終わらせよう
よごれた皿を洗うのは
だれですか?

あるところに

爪が土でよごれていたので
聞いてみたら
「穴　ほってるからさ」とその子は言った
学校のプリントを届けた時のこと
「台所のね　床下収納庫ってのがあるだろう
　床板をはずして　箱のようなものをどけるとね
　地面があるんだよ」
男の子は小声で言って　ちょっと笑った

秘密だよというように
「毎晩　ほってるんだ」
学校ずーっと休んで
昼間ずーっとねむって
これからもずーっと夜中に起きて
穴ほるのだそうだ
「ほってどうするの？」
「君、知らないの？　アルマゲドンやカクミサイルのこと
と
いまにやって来るよ
地下の部屋にかくれなくっちゃ」
と言って　また笑った
「君のこと好きだから
君の家の台所の下までトンネルほるよ
その時が来たら　むかえに行くよ」

それからも時々
プリント届けるため
その子の家に寄ったけれど
いつもお母さんが出て来て
山茶花が咲いても
その子は学校に来なかった

ザジッ　ザジッ　ザジッ
夜ねむるころ
遠くの暗闇で
土をひっかく音がする
男の子がモグラになって
地面をほっている
「僕のおよめさんになるんだよ」

今年はじめての雪が降る
おやゆび姫のように
南の国に飛んで行きたいけれど
私はこの町から逃げ出せない
いつか二人で
地下の部屋にかくれて
じっと待つのだろうか

「自分だけ助かって
だれもいなくなった世界を見るのは
こわくない?」
「だから一人でも平気な練習
してるんじゃないかあ
学校なんか　行っちゃだめだよ」

ザジッ　ザジッ　ザジッ
遠くの闇で　土をひっかく音がする
私は夜　ねむられず
昼間ねるようになったので
このごろ
学校へ行っていない

たべもの

あーんというと
あーんとまねる子どもの口に
ドロドロしたものを　入れる
ドロッとしたもの
トロッとしたもの
トロリとしたものを　入れる
ひとくちずつ　あーんと言って

外は雨
春の　ひとくちずつの雨
静かに降る

やわらかくたいたおこめ
やわらかくゆでたおいも
スプーンの背で
つぶして　つぶして

ぬれた小さな口には
雨もやわらかく
言葉もやわらかく

祈りもやわらかく
つぶして　つぶして
へんなものなど
混ざらないようにして

一さじずつ
あーん　と言って

わたす

霧吹く山の向こうから
椀を持ってやって来る人がいる
椀には
鬼グルミと黄色いきのこが少し
椀は両手で包まれて
次の人にわたされる
渡された人は　また次の人に
また次の人にと

何千人もの人の両手に
包まれているうちに
椀は　すべらかになり
てのひらの形に丸くなり
芋と豆と菜のいいにおいの
湯気が立ち

何万人もの人の手から手へと
運ばれているあいだに
椀は漆の汁を含み
内側に朱の色が塗られ
煮干しや油揚げや味噌の
いいにおいの湯気が立ち

いいにおいの湯気と一緒に
両手に包まれてやって来たもの
両手に受けとって
ふうふうと少し冷まして

次の小さな手に
わたす

霧雨降る街に
椀持つ人がいる

絵

一枚の絵がある
一人の女の人が台所に立っている
調理台の前に立っている
白い綿のエプロン
手には包丁がにぎられている

流しには魚や野菜が
あふれるほどに積まれている
磨かれた鍋がコンロの上にある
台所の壁には絵がかかっている

黒い川が
赤い海に流れているように見える抽象画

よく見ると女の人の横顔は
悲しんでいるように見える
泣いているようにも
こわがっているようにも見える
よく見ると
野菜はうっすりと白い灰をかぶっている
魚のしっぽが曲がっている
よく見ると壁の絵には
点　点　点　点
黒い雨が描かれている

刻むものが何一つないまな板
入れるものが何もないからっぽの鍋
子供達に食べさせるものが
何もない台所で
女の人が包丁をにぎったまま

立っている
そんな絵

雨は

雨は
目の見えない人が
物語を読むときのように
地上の凸凹を
さわって行った

むき出しになった　大きな台所
むき出しになった　小さな台所
とろけた弁当箱
ゆがんだ鉄の釜
赤い金魚の絵のついた
茶わんのかけら

きのうまでとは
まったくちがってしまった物語を
黒い手で
そおっと　読んで行った

ふくらむ

未来のパンまで食べてしまった
未来のパンの香ばしいかおりまで　すっかり
楽しんでしまった
ふくれたお腹をかかえてみんな
もう寝かかっている

あした子供たちに渡すパンは
嘘の小麦粉で練ってあって
本物を知っている私たちには
あやしくふくれて見えるのだが

子供たちは食べるだろう
何も知らないで
「うん　とてもおいしい」と言って

小さな手に握らせた小麦の粒は
しいなばかりで
どんなに大切に蒔いても芽が出ない
荒れ果てた麦畑に吹く風は
どこまで高く打ち上げてしまったのか
ガランと青い空からヒバリは
いつまで待っても　帰ってこない

あやしくふくれたお腹かかえて
半分寝かかっている人たちの隣に
私も横になる
仰向けにねむると
ふくれたお腹が苦しくて
こわいこわい夢を見る

波打際

流しの前で途方にくれる
日が暮れる
私の知ってるある人が
のっしのっしと海を越え
日に焼けた顔で　大きな仕事をすませている時に
流しでは
北の海の灰色の魚がべったりと
鱗を落としていく
また別の
私の知ってるある人が
新しい土地で　新しい恋人とやり直そうとしている時に
流しでは
南の島の甘いにおいのするくだものが
ぞっくりと種を落としていく
季節はいよいよ雪の下になり
静かにじっと過ごさなくてはいけないよと
おばあさんが言っていたのに

流しでは
緑色の野菜が次から次と
向こう側からやって来るのでにぎやかだ
地球がどんどん折りたたまれて
前掛けの下に隠しておけそうなある日
あたたかいものが手にさわり
よく見れば子供
街を焼かれて逃げて来たのだと言う
親とはぐれて泣きながら来たのだと言う
両手を皿の形にしてつき出して
そんな小さなものたち
草原を追われたものやら
空を無くしたものやらが
流しの穴から
波に乗って押し寄せて来る
(握っているものを離して
　抱きしめることができるだろうか)

波打際で途方にくれる
日が暮れる

居心地

まるで要塞のようですねと言うので
笑ってしまった
これは食器棚です
それは武器庫ですかと聞くので
一つ一つ教える
これはキッチンバサミ
これはパン切り包丁
これは万能包丁
　万能包丁

スーパーの袋から出し
冷蔵庫に移すと
ここは死なない程度に生かしておく
牢屋のような所ですか

と聞いてくるので
あわてて閉める

そんなにいろいろあやしむのはおよしよ
要塞ならもっとずっと遠くで
私達を囲み
私達は今　丁度いいあんばいに
温度管理されているだけ
なんだから

火曜日

で、ね、中にアンコが入っているのよ
「ああ知ってる　それなら私も食べた
　上あごにくっついてパフパフするよね」
それから緑色の芯
皮は厚く剝くんだ
「ああ知ってる　それなら私も食べた
　私も食べた私も食べた　残りものだけど」
それからコブタを丸ごと
藁の家も添えて
「ああ知ってる　それなら私も食べた」
それから赤ずきんちゃんかえ？　おはいり
と言うおばあさん
ビラビラの帽子かぶった
「ああ知ってる　それなら私も食べた
　食べた食べた　頭から　私も食」
と言い終わらぬうちに　その人は
私の口をつまんで右左に引っぱると
きつく結んだ
それから丸くふくれた私をつかむと
燃える朝焼けの街を走って
走って走って行き
とある場所で　私を落とすと
後ろも見ずに行ってしまった
それから　あとからあとからあとから
その人と似たような影が

髪の毛クヤクヤの黒い影が
風のように街を走って
走って走って来て
私と似たような　丸くふくれたものを
落として消えて行った
「ねぇあなたも一緒に食べたよねぇ
　あの人のお腹も　私みたいにふくらんでいたよねぇ」
と消える後ろ姿を呼び止めようとしたけれど
口がしばられていて　声が出ない
今日は火曜日
カラスが多い

夜の台所

四角山に行っていたよ
山裏はあたたかいね
時々ウグーンウグーン
山鳴りがするね

沢にも行ったよ
さかさま泉に
口をつけて飲んだ

ザゴジ
ザゴジッジッジッ

魚の鱗　桃の皮
腐りかけていておいしいね
おいしいおいしい
毎日ゼイタクザンマイだね

こうしてひっそり集まって
触角ふりふり
触れ合って

ザゴジ
ザゴジッジッジッ
最高だね

今夜はじどろおっとして風も無い
しはしはしはしは
しきしきしきしき
つっ　ぴくっ　ぴくん
ああ　恋をしそうだ

猫

焼けてる焼けてるいい感じ
ジュッたら　ジュッジュッ
うれしいな
耳がうれしい　鼻がうれしい
待ちどおしくって
口とお腹がじわじわするな
ペネペネペネペネ
ヒゲもシッポもとんがって行くよ

猫は目を細め
おじいさんの足に体をからませる
何度も何度も頭をこすりつける
足を伝わっておじいさんの体の中にも
猫の歌が響いてくる

海で生まれて旅してた魚が
焼かれてもうすぐ　口の中
もうこの世とおさらばしたかい？
のどを通りすぎたら
そこはあの世というところ
あの世っていうのは猫のことさ
あの世で魚は猫になる
うれしいな　うれしいな
この世はあの世
あの世はこの世
グルリグルグルのどを鳴らせ
のどを通りすぎたら猫になるよ

おじいさんは猫を真似てのどを鳴らしてみた
ギイギイとのどが鳴った
さびついていたものが動き出し
夕ごはんがうれしくって待てなくって
茶わんを箸でチンチンたたいたのを
思い出した
（母さんにおこられたっけ）
おじいさんはグリルをのぞきこみ
猫と一緒に目を細めて
魚の焼けるのを待った
いい顔のあの世になって
この世で待った
ガランとした寒い台所で
一人ぶんと一ぴきぶんのお皿を並べて
おじいさんは猫に
この世で楽しく暮らすやり方を
教えてもらっている

誕生

夜がはらむもの
それは私たちだ
私たちは胎児の形をして
ねむるんだもの
闇の口が開（ひら）いて　産み落とされる
光が交差するあわただしい場所に

「立て、たてたて歩めよ」
太古からの指令に
立ち上がり　よたよたと階段を下りると
炊飯器は　炊き上がり保温の赤ランプ
生まれてくるもののために
世界は少しずつ変化している
ニュースをつけると　どこかの国では
先に生まれた人たちが　新しいことを
しおわったようだ

さあ私たちも
今日の進化をはじめよう
しっかり立って　いい方へ
と　ピーピーやかんを火にかける

ふた

おなべのふたを　そっととる
のののののと　ゆげがのぼる
いいにおいで
おもたくなったゆげがのぼる
めがねがくもる
あたりがぼんやり　やわらかになる
おなべのやさいも
ぼんやり　やわらかになる
だいじにだいじに　ふたをする
ことことことことことと
ときがすぎる

ちきゅうのうえの
ちいさなだいどころで
そんなふうに　くらしている

カボチャ

カボチャに包丁を入れるとき
こわい顔をしてしまうので
カボチャはこわがって
ますます体を固くする
でもやさしい顔では
カボチャは切れない
カボチャ　カボチャ
やさしい気持ちで煮るからさ
ほっくり甘く
煮えとくれ

台所の窓を大きく開けて
南の窓から来た風に
いい香（にお）いを運んで行ってもらうから
山の向こうの村はずれ
おいしく煮えているんだな
カボチャ畑のおじさんが
にっこり安心するように

ゴマ和え

台所に立てば
菜をゆすがなくてはなりません
菜をゆすいだら茹でなくてはなりません
台所に立てば
火はほうほう言うし
鍋はじんじんじんじん
そこで塩を一つかみ
菜が色よく茹だったら
水に放さなきゃならないし
そろえて絞ったら切らなきゃならないし
台所に立てば
重ねたお皿はカチャカチャカチャカチャ
湯気やら煙やら
あっちから　こっちから
そらそらゴマがピチパチ跳ねて
アッチチ　鍋摑み鍋摑み
布巾　擂り鉢　菜箸　醤油
台所に立った途端にドミノ倒しがはじまって
ひっかかっている心配事は
こぼれ落ちそうな悲しみ事は
あと回しにしなきゃあ　なりません

親子丼

困ったことは
どしゃぶりの雨が

降り続いているのに
少しも濡れずに
親子丼を食べていることです
ライラックの葉陰で
きのう羽化したキアゲハが
ふるえているのも
知らずに

一日

疲れの重さたばねて
けい光灯の紐を引けば
出かけた時のそのままが
照らし出されるよ台所

窓の外の
まだ暮れ残る空を
西に向かう夜行列車

ハモニカの窓に明かり灯して

おーい　おーい
行くのか
新しい街に行くのか
この窓の明かりも
最後の窓につなげてほしい
このままここに
置きざりにしないで

地球半分の
本物の闇をくぐりぬけて
明日の朝また
ここに着くよ台所

ここは

ここは命あるものが来て

無くして行くところ
海の貝を真水ですすぎ
はらわたを取った魚の血を
洗い流すところです

ここは汚れてやって来て
輝いて帰るところ
油の皿　口紅のついたワイングラス
楽しかったおしゃべりを
もう一度泡立てながら
明日の準備をするところです

ここは疲れた者が来て
そのままたたずむところ
冷たい手を水に濡らして
私と　私の母と　そのまた母と……
ひっそりとつながって行くところ
ここは来る日も　来る日も
くり返す
くり返す　ところです

明日

孫の数だけ雑巾を
小さくうずくまって
仕上げたのを最後に
もう何も　しなくなった

同居をはじめて二年
フウー　フウー
吐く息と一緒に立てる音が
まだ存在しているよ
と言っている

一日中しゃがみこんだままの母が
一時間かけて食べた夕げの皿を
冷たい水に浸す時

母の哀しみはゆっくりと
流しに立つ人に　流れて行く

リンゴが地面に引っぱられて落ちるように
立つ人も　荒れた手をこすりながら
明日に
引っぱられて行く

台所のゆうれい

台所のゆうれいを感じますか
台所という入れものの
首までいっぱいに
さりさりさりと砂が降ってくる
その一つぶ一つぶが
私は魚
私は豆
私はトマト

だったのです
と言い
思い出したように
ふうっと光る
目を閉じて砂を浴び
砂の中に埋もれていくと
ああ私もこの中に混ざっていいのだと
なぜかとても安心できて
ほうっと　体の形が消えていく
そんな日のことでした

砂の中のレンジの上に
戒名でしか知らないひいおばあさんが
くせっ毛をきりりと束ねて
洗いたての浴衣を着て　座っているのでした
千代紙で折った袋にあられを入れて
うれしそうにしているのでした
流しの前では九十一で死んだおばあちゃんが
使う前のいつものおまじない

包丁を両手でかかげて拝んでいるのでした
遠くの村で元気にしている母のゆうれいもいて
できたてのきゃら蕗を
母の母に味見してもらっているのでした
なあんだ　みんなここに
みんなここにいたのですね

私もゆうれいの体で
重みのない砂の中を
さりさりと漂い
台所を一周する
土蔵から出して来た藍色の皿の縁は
小さく欠けていて
そこにも砂が降っている
私は小麦
私はクジラ
私は人
だったのですと
さりさりさりと
思い出したように光りながら
降りつもって行く
ああ私もこの中の一部なのだ
みんなとここにいたのですね
台所はゆうれいで満たされていて
地球の自転にゆっくりと
運ばれているのでした

立つ人

ある日立つ人は
フライパンを磨く手を止める
「何をしているの？」
立つ人の肩ごしに
だれかがささやいた気がして
「ここで一人
　何をして　いる？」
同じ言葉を　くり返すことしかできずに

濡れた手からしずくをたらして
立つ人はただ
立つばかり
フライパンも金のタワシも　指も
少しずつ少しずつ　削られている

流しに立って立つ人は
口を一文字に結んで包丁を研ぐ
刃先が　炎のようにめくれていく
「後ろの正面だあれ?」
振り向くと時代は
十年ほど先に行ってしまっている
水の音が高くなって
台所は河川敷になる
立つ人の細い影が長く伸びて
どこかで
〝さあ　もう　おかえり〟のチャイムが
鳴りはじめる
ここより他に
どこへ帰ればいいのだろう
ピチャピチャと　水が足元に寄せて来て
立つ人はただ
立つばかり

焼却炉

ええ　焼却炉のことは時々考えます
袋ごと投げ入れられたものは
相手の炎で自分を燃やし
自分の炎で相手を燃やし
炉の壁を赤く照らし出すのですね
時には
日記帳が溶けた袋から飛び出し
○月○日と書かれたある一日を一瞬
きらめかせる
食べきれなかったハムサンド
粘着紙と一体化した虫の息のゴキブリ

伸びすぎたハナミズキの枝
枝についているイラガの卵
包んでいたものも包まれていたものも
何もかもが　ごちゃまぜになって
形を変えて
炉の中を通過して行く
出口に雪国を広げているトンネルを
ぬけるように

ええ　焼却炉のことは時々考えます
袋の口を結んだ人も
そのうち行くでしょう　箱に入れられて
そして形を変えて
空で出会う
「来ましたね」
待っていたものたちはそう言って
ゆっくりと一緒に　歩き出す

炊き込みごはん

これこれこの味　これを食べたくて
帰って来ちゃうんだなあ
そう言って
何ばいもおかわりをしたっけ
遠くの町から何時間もかけてやって来て
日に焼けた顔で笑っていた
おばあさんは　あつあつを写真の前に供える
息子の命日の炊き込みごはん
これを食べに　息子は帰って来るんだよ

あの世ではね　おばあちゃん
と孫は言う
幸せで満たされていて
食べなくても　飲まなくても
お腹はいつもいっぱいなんだよ
ああそんなにいい所でも

とおばあさんは思う
自分はどこから来たのだろうと
この世でふと迷子になるように
あの世でも
どこから来たのだろうと
心細くなることがあるかも知れない
その時　息子のたましいの隅で
この炊き込みごはんのにおいが
ほんのり点ってくれれば
なつかしい火のように　点ってくれれば

おばあさんは
毎年毎年　炊き込みごはんを供え
秋が来るたびに年を取り
金木犀が散るころに
息子のところに旅立った

あの世は静かで
すべてが満たされていて

食べなくても　飲まなくても
お腹はいつもいっぱいだった
おばあさんは自分がだれなのか
思い出せずに漂っている時
なつかしい火を見つけた
孫が　おばあさんと息子の写真の前に
あつあつの炊き込みごはんを供えているのだった

来たのでもなく
行くのでもなく
会うのでもなく
別れるのでもなく
みんな
あの世とこの世の一部として
ここにいる
おばあさんは　なつかしい火に
ほんのりと染まりながら思った
そして息子も孫もいるみんないっしょの
あたたかな大きなものの中に

包まれていった

いつも

台所には
ひねるといつも
水の湧き出す泉があって
ひねるといつも
炎吹き出すかまどがあって
外は暑いでしょう　旅する人よ
ここへ来て　冷たい水を
外は寒いでしょう　たたずむ人よ
ここへ来て　湯気立つスープを
と　物語のはじまりがあるのだった
台所にはいまも
磨かれた泉からは　踊る水があふれ
磨かれたかまどには　歌う鍋がかけられている
いつもいつも

だれかを待っている
物語のはじまりを

（『だいどころ』二〇〇〇年思潮社刊）

詩集〈家は〉から

家を建てよう

ジュギジャギ　ジュギヂャギ
家を建てよう
地面区切って　空間仕切って
すてきな家を建てよう
出来上がったら…とクモが言う
ボクは角っこがいいな
雨が降って来たら…とスズメが言う
軒下を借してね

ダダカン　ダカダン
家を建てよう
地球に杭を打ちこんで
立派な家を建てよう
ごちそうが生えて来た
とシロアリが言う
隙間もいっぱいあるよね
とゴキブリが言う

ヂャカヂャカ　チャカチャン
家を建てよう
国境線よりしっかりとしたフェンスの中に
そそりたつ家を建てよう
この下には私達の家があった
とアリンコが上って来る
ここは私達の通り道だった
とムカデがのぞきに来る
みんなに好かれるいい家を建てよう

すてきな立派な家が建ったら
家に犬をつなごう
家にお父さんをつなごう
家にお母さんをつなごう
家に子どもたちをつなごう

みんなで家の番をしよう

来た人

「どちらさまですか?」
扉の中から聞いている
扉のこちら側には
守るものがいっぱいあるので
用心深くなっている
「何かご用ですか?」
二重鍵をして身構えている
扉を開けてしまったら最後だと思っている
入って来るものはすべて
風さえも信じられない
憶病になっている
「どちらさまですか?」
外では何かささやいているようだが
意味がわからない

言葉が通じないのはとてもこわい
顔が見えないのでなおこわい
「何かご用ですか?」
くり返しているうちに日は暮れて
いつしかあたりは雪の季節になり
静かに積もるものの中に閉じこめられる
内も外も
扉をはさんで閉じこめられる

言葉も止み　風も止み
いくつも冷たい月が巡ったある日
地はごとりと陽の当たる方に傾く
扉が始まりのページのように白く輝き
人影が写し出される
「何かご用でしょうか……」
声はすっかり乾いている
両手はすっかりかじかんでいる
何度も息を吹きかける
指先に血の色がもどったら

鍵を開けることができるだろうか
来た人は扉の向こうに立っている

こんないい日は

こんないい日は帽子をかぶり
町はずれまで行きたいな
町のはずれから町を見て
町に埋もれたはるかな
自分の家を思う
いくつも並ぶどれもそっくりの
でも別の家
それからゆっくりもどって来ると
家は崩れてもいなくて
燃えてもいなくて
消えてもいなくて
ああよかったなと
喜びたいな

家は今も

扉は開かなかった
母親が心乱して祈っても
髪振り乱して喚いても
息子は部屋から出てこなかった

部屋という子宮の中で子供は
アメーバーの時代からはじめていた
ゆっくりゆっくり進化して
ひっそりと生まれたかった
昼も夜も暗い囲まれたものの中で
頭を抱えたり
膝を抱えたり
揺れたりしていた
閉ざされた窓の外では雨と風が
子宮を巡る血の流れのように
ザーザーと音立てていた

息子が部屋から出てこないので
母親の世界は闇の中だった
雨が止み　風が雲を追い払っても
窓から光はやってこなかった
扉の前で母親は
息子の出てくるのを待った

子供は新しい生きものになりたかった
まだ何万年もかかるかもしれなかった

扉の前で母親はじっと待った
何万年も待った
暗闇の中で母親は
家の一部になっていった

私は開かない扉
私は光のない窓
私は壁
守っている

私の中の私の子　いつか
光の中に産み落とす

何回地球が回っただろう
時間に置いていかれないように
地球に貼りついて家は
何回地球と一緒に回っただろう
子供を振り落とさないように
しっかりかかえて
十月十日（とつきとうか）の
何万年の時を

家は今も回っている

透明な家

この星では
生まれた数だけ死があって

自分のぶんを使い終ったら
おおいなる家を開け渡す
食べものも　吸う息も
夏の暑さも
次に来るもののために渡される

急にあたりが静まりかえり
光の具合が一瞬
かしいだようになる時
透明な家の柱が
すぐ近くに見えることがある

家には明りが点り
次に来るものを待っている
家には風が流れ
次に行くものを待っている
私も住み人として
いつか行く日を待っている
待つのはすてきだ

やがてみんな行くのだから
と思える日もある

家の小さな庭では
こぼれ種から芽を出した飾りししとうが
蠟燭の炎のような形の実をつける
秋はそこまで来ていて
透き通った風が
炎を揺らして行く
赤々と
私のぶんの今を輝かせて行く

花いちもんめ

ほぉしや　ほしや
あの子が　ほしや
私と姑が
一人の男を　ほしがるのです

あの子は　やらぬう
あの子は　やらぬ
姑は般若の面をつけて
歌うのです
しゃもじ握って
踊るのです

私もにっこり睦まじく
向かい合って歌うのです
おひつ掲げて　すり足で
踊るのです

ほぉしゃ　ほしやあ
あの子が　ほしや
ほしやあ　ほしやあ

よく見たら
姑がつけているのは
ただの古びた鏡で
面をつけていたのは
私の方でした
憎しみも　ひっそりと結晶させれば
美しい般若の面に　なるのです

あたりが暗くなり
ライトが面を浮かびあがらせると
はらはらはらと
花びらが
はらはらはらと
赤い花びらが舞い落ちて来て
舞台の床に　積もっていき

負けてくやしい
　花いちもんめ
勝ってかなしい
　花いちもんめ

子どもたちの歌う声が
だんだんと遠ざかり

第一場の幕が
ゆっくりと下りてくるのです

蜘蛛の巣

じゃあね
バイバイと
友達との軽い別れのあと
とてつもなく大きなものの中に
帰って行かなければならない
私は
そのとてつもなく大きなものの
嫁である
私はそこで眠り
そこで湯を沸かし
そこで朝の支度を
はじめなければならない
そんなふうにしていつか
私が年を取ると
新しい嫁がやって来て
そこで眠り
湯を沸かすのだと
私より一つ年上の　その人は言った
その夜
何十年ものの柿の木がたおたおと
金屏風のように枝を広げている前で
明治瓦を七三に分け
白壁に墨を塗りたくった大きなものが
ふわふわ笑う新しい花嫁を横に
デェンとかしこまっている夢を見た
さっきまで嫁であったその人と
その人の前の年取った嫁と
そのまた前のもっと年取った嫁と
何十人もの嫁たちが

街路樹のように　ずーっと向こうまで
遠近法で並んでいて
けわしい顔で
式の様子を見守っているのだった
いやあ　めでたいめでたい　家に新しい嫁が来た
これで縁の下の蜘蛛の巣までも
安泰である　と
大勢の親類縁者が喜びあい
私は近所の子どもに配る
祝い菓子の袋を一つもらい
何も知らない子どものようにはしゃいで
じゃあね　バイバイと
手を振っているのだった

ままごと

日だまりの庭　平たい石を握って
大きな四角を描いて　区切って区切って
ここはげんかん
ここはねるところ
ここがおかって
きょうはわたしがおかあさん
アカマンマをいっぱいとってくるね

北風うず巻くマンションの
小さな公園の隅に
棒で引いたような
四角い線があって
そのまん中の土の上で
おばあさんが眠っていました

夜が明けて
行き交う人たちが集まって来ました
線の外にはサンダルが
揃えて脱いでありました
二枚の柿の葉っぱの上に
小石が三粒ずつ乗っていました

おばあさんはままごとをしていたんだ
と一人が言いました
脇にはカーディガンが
きちんと畳んで置いてありました
ままごとの家は暖かだったんだなと
みんなは思いました
カーディガンには住所と
電話番号が縫いつけてありました
救急車のサイレンの音が近づいて来ました
おばあさんの体は
もう冷たくなっていましたが
朝の光がほんのり頬に射して
おばあさんはほほえんでいるように見えました。

日だまりの庭　小石を握って
ここはげんかん
ここはおかって
クロもマリもみんなおいで
きょうはわたしがおかあさん
アカマンマをいっぱい
とってきたよ

帰って来た人

帰って来た人は
帰って来た時に家は目覚めると思っている
玄関のドアを開けたとたん
つっかい棒がはずれて
家の時計が動きはじめると思っている
犬は尻尾をはげしく振り
風は窓から今、入って来た
私の家、私の家族、
と帰って来た人は言う
出て行った時と今を
一瞬にして縫いつけてしまう
流しの水が勢いよく流れ
皿はカチャカチャぶつかりあい

鍋はグツグツしはじめる

帰って来た人は
出て行った人なのだ
いなかった間の出来事を
出生の秘密を聞くように
聞かねばならない
そして帰って来た家で
いなかった時間の年を
もう一度取るのだ

夕暮れ

風のようなもの
鳥のようなもの
犬のようなもの
が通りすぎる
今通っていったのは
だれだろう

花のようなもの
川のようなもの
歌のようなもの
が流れていく
このごろは川と歌の
区別もつかなくなってしまった

ようなもの　妖なもの
街には　ようなものがいっぱいだ

早く家にお帰り
暗くなるとようなものになってしまうよ
という街角に立つおばあさんの口の中
暗くて深い

走って走って家に帰る
手を濡らし

冷蔵庫から肉のようなもの
を取り出して
夕食の準備にとりかかる

ぶううーじゃ

帰って来るまでは
扉よ扉よ　開くでないぞ
どばど　ばばど
ぶううーじゃ

とおまじないして出かけても

入って来るものがある

いいねやっぱり
柳の下より落ちつくね
人のいない家というのは

格別気楽だね
本当に
さあさあどうぞ遠慮せず
今　出ていったばかりなので
まだちょっと人臭いけれど
当分帰ってはこないでしょう
どうぞ存分に気兼ねなく
ゆらゆらして下さい
では　お言葉に甘えて
ゆらゆら
ゆらゆら

扉がどんなに
キシッと閉じていても
次々と扉をすりぬけて
入って来るものがある

ご招待ありがとう
次は家へも来て下さい

家はもう何年も
人が帰って来ないのです
それも何だか
さみしいもので

ゆらゆら
ゆらゆら
この家はいい家
とてもいい家
家の中が
しーんとにぎやか
がらんとして満ち満ちている
ときおり柱がピシンと鳴って
この家はいい家

その時　表で声がする

帰って来ましたよ
扉よ扉よ　さあ開け

どどぶ　でてぶ
うるうーじゃ

おまじないの文句が違っているので
扉はチラとも動かない

どばば　どぶぶ
どろうーじゃ
………………
どるうーじゃ
………………
ぶるうーじゃあ、

おとぎ話

ギュイーン　ギュイーンと
掃除機をこまめにかけるので
そうじきじいさんと呼ばれている

今日はスーパーにお買物
少しの米と少しの野菜
そうじきじいさん小さな袋を
かかえて帰る
よっこらしょっとかかえて帰る

家ではおばあさん
まだかなあと待っている
おばあさんも昔はスーパーに行った
海にも山にも川にも行った
出かけるといつも
大きな袋をしょって帰った
袋はずっしり重かった
三人の子を育てていたので

ただいまあ
おじいさんが帰ると
寝たきりのおばあさんの顔
ぱあっと桜色になる

むかしむかしはいろいろあったけど
そうじきじいさん
今ではおばあさんの顔に
花を咲かせている

ばば

夕暮れになると火を灯す
山の中の一軒家
やって来るのだ

ドンドンドン
道に迷ったものです
どうか一晩　泊めてください

泊めてやろう
暖めてやろう
めし食わせてやろう

さあさあ入れや
囲炉裏のそばへ寄って
濡れた着物　乾かせや
ばば一人の暮らしだ
鍋の中はそよそよしているが
ふうふう言ってすすれや

夜も更けて旅人は眠る
細いあごの線
息するたびに上下する
若者の薄い胸

夜が明けるとなんしてみんな
急いで出て行きたがるのか
あんなにありがたがって
入って来たのに
ここにおればいいのに
かわいい寝顔のまんま
ずーっとここに

おればいいのに
枯れても落ちない柏の葉っぱよ
さわいでおくれや
ざあざざあざと風を起こして
包丁研ぐ音　消しておくれや
この家は迷った者しか
戸をたたかぬ家
湯はぐらぐらぐら
骨からはいい味が出る
次の旅人が来たらまた
ふるまってやらねばならね
みんなふうふう言って
うれしがってすするのだ

迷わず行くのは
谷間すべる川ぐらいのもんだ
山は越しても越しても
続いている
重なりあった山の懐に

霧が白い手を差し入れてくる
奥へ奥へ
まさぐりながら下りてくる
夕暮れになると火を灯す
霧の中の一軒家
やって来るのだ

わかれ

松の木は天をかついでいる
雲は流れの中にある
私は歌を歌っている
私も流れの中にある

家の奥の奥の奥の
暗いところに隠されていたものは
何だったのだろう
羽衣という言葉さえ

忘れていたのに

朝が来て目覚めるときもある
目覚めると朝が来ているときもある
大きな流れの中にいて
私の家はここ　と答える時がある

あのひとはなぜ　しまっておいたのだろう
燃やしてしまってくれたらよかったのに
この世に引き止めておこうと思ったら
すべてを引き受けてくれればよかったのに

すべらかに腕を通して
羽衣を着る

子よ　子よ　私の子
地の上で泣きなさい
地の上で恨みなさい
ああ家があんなに

小さくなってしまった

煙

マウスの背中にまたがって
太郎は一人　登って行った
そそり立つ冷たい画面
朝日も届かぬ闇の中に
そこだけボウッと明るく
詩にも書けない美しい花
うっとり見つめてため息つけば
すっかりすべてを忘れてしまって
太郎は宙に　浮かんでいたのだ

　太郎や太郎
　下は街だよ見てごらん
　下ではあれから十年たった

いつまでたっても花は枯れず花は散らず
太郎がそっと息吹きかけても
そよよとも揺れずに

　太郎や太郎
　下は荒れ野だ見てごらん
　下ではあれから百年たった

コンピューターの画面の花に
見とれていたのはほんの一瞬
若者がおじいさんになるくらいの短い間

　太郎よ太郎　見てごらん
　待ちくたびれてみんなもう
　箱に入れられ煙になった
　煙になって昇って行くよ
　ふうわりふわふわ迎えに行くよ
　太郎よ太郎
　すぐ行くよ

四つの四連詩

家は

家は建っていた
人がだれもいなくなっても
家は建っていたのだよ
動かずに　そこに

でも　木にはなれなかった

雨が降っても
ただ　濡れるだけだった

扉

風が入って来た
風のやり方で
私は出て行った
私のやり方で

空が高いところに
ある日だった

風は出て行き方を知らなかったので
家の中で　死んでしまった

廃屋

家は人を抱きかかえ
昼も夜も暖めた

人は育って次々と
新しい場所へと旅立っていった

家は今　ひしゃげた薬罐を

抱いている

なかなか孵らないと
少し傾いて
懐を覗きこんでいる

ゆき

ゆきがふったのでいえは
いよいよしずかに
あかりをこぼすものになった

ろーたりーにし
さんじゅうにのにじゅうきゅうばんち

ゆきがふったのでいえは
いよいよあたたかく
あなたをまつものになった

りょうてにしろいいきを
ふきかけているひとよ

母猫

見つかってしまった
触られてしまった
人間のにおいが付いてしまった
もう一度お腹にかえして
もう一度やり直しだ
もっと静かないい場所で
秋になったら
また産もう

母猫はムシャムシャと
子猫を食べる
三匹ともすっかり食べて
おくち回りのお手入れもすませ

あくびを一つ
それからやり直しのきく土の上で
目を閉じて
春の陽を浴びる

大丈夫　何度でも
産み直してあげる
草も木も
雲も風も
みんなそうして
生まれてくるのだから

痩せた野良猫は
揺れる陽の中であやされて
生まれてくる前の夢を見る
母のあたたかなお腹の中に
帰っていく

夕ぐれの椅子

どこかの家の庭の隅の
道に面した場所に
四本足のパイプ足の
背もたれつきのビニール張りの
緑色の小さな椅子が一つあった

夕ぐれの中を
あわただしく行く車や
足早に通る人たちを
夕ぐれの中で
ながめるための椅子だった

夕方になると家から
おばあさんが出て来て
椅子に座った
暮れゆく縦の時間は
刻々と姿を変え

水平に行きかうものは
どこまでも忙しく
交わる点の上に
おばあさんと椅子はポツンとあった

椅子もおばあさんも色を無くして
一つの黒いかたまりになるまで
おばあさんはだまっていつも
座っていた

夕ぐれの中を
あわただしく行くものたちを
夕ぐれの中で
ながめるための椅子だった

椅子は残されて　今もある
道の方を向いて
夕ぐれの中に

ホーム

おばあさんとおじいさんと
おじいさんとおばあさんと
ずらりずらずら
「ここから出られるのは
　死んだ時だよ」と
老人ホームの窓から首を出して
見送ってくれる
キイヤ　イッツ　イッツ　イッツ
裏の山から鳥の声
さようなら
たくさんのおじいさんおばあさん
私たちはこの山の奥から
にぎやかな街に帰るけれど
さようなら
にぎやかな街の時計の針は忙しく回り
すぐにまたここにやって来るでしょう
「この世から出られるのは

死ぬ時だよ」と
ここの住人になるでしょう
そしてホームの窓から
つるし柿のように顔を並べて
街に帰って行く人を見送る
キイヤ　イッツ　イッツ　イッツ
さようなら
私たちもじきにこの家を出て
生まれる前のなつかしい家に帰ります

ジャムの瓶

ジャムの瓶にははじめ
ジャムが入っていた
ジャムが終わると
庭の撫子が生けられた
理科で使うミジンコを入れたこともある
お釣りの小銭や　取れたボタンが
入っていたこともある
今はラベルの跡もすっかり消えて
からっぽの瓶
ジャムの瓶と呼ばれている
おばあさんがいなくなっても
おばあちゃんの部屋
と呼ばれている部屋がある

あの家

困っている方　淋しい方　さあさあどうぞ
子供のころ
家の入口には見えない文字で
そう書いてあった
一人ぐらしのおじいさんが来て
昔話をしながらお茶を飲んで行った
お乞食が来て爪の伸びた手に
五円玉を乗せてもらっていた

漬け物小屋にはいつも
お茶請けの漬けものが用意されていて
茶簞笥の上の飴の空缶には
五円玉がいくつも入っていた
学校帰りの道で会った迷子の子犬や
巣から落ちた雀の子を
つれて帰ったこともあった
泣きたいのを我慢して
一人走って帰ったこともあった

「お世話になりました
　そろそろ家に帰ります」
年を取って
いろいろなことがわからなくなり
自分の家にいるのに
荷物をまとめだしたりしたら
帰りたい家は
見えない貼り紙のしてあるあの家
走って帰りたいあの家

困っている人　淋しい人　さあさあどうぞ
いつもだれかが待っていてくれた
あの家のことです

（『家は』二〇〇二年思潮社刊）

詩集〈風ぼうぼうぼう〉から

ばんばが来るよ

雨ばんばが来るよ
雨ばんばが海をこえて来るよ
ごぉおおん　ごおおおん
ざあぶ　ざあぶ　ざあぶ
ふしくれた手で
山の木を洗濯しに来るよ
雨ばんば　雨ばんば
椿のつぼみをつぶすなよ
カケスの古巣を落とすなよ

風ばんばが来るよ
風ばんばが山をこえて来るよ
しょろうろう　しょろうろう
ぴしん　ぴしん　ぴしん
お寺の屋根の雨だれで
おはじきしに来るよ
風ばんば　おはじきを
爪ではじいて空まで飛ばせ
銀色に光らせて月にぶつけろ

夜ばんばが帰るよ
凍てつく夜を刈り取って帰るよ
夜ばんば　夜ばんば
刈り取るのは闇だけにしておくれ
縁の下の黒猫が
ナーゴ　ナーゴ　ふるえてる
刈りあとの霜柱が光って
ここらはもうじき明けがただ
ざあらい　ざあらい
ぞーん　ぞーん

丘の上の木

いつもの子供がやって来る
丘の上の木にのぼり
いつもの枝に腰をかける
悲しいことがあったとき
子供はいつもやって来て
小さい足をゆらしている
いつものように風が来て
木の葉を　ささ　ざざ
光らせる

いつしか子供は大人になって
村を出て行きもう帰らない
木は何年も何年もそこに立ち
ささ　ざざ　葉っぱを光らせる
ある日木こりがやって来て
丘の上の木を切りたおす
木はもう葉っぱを光らせない

小さな町の工房で
背もたれつきの椅子になる

いつものおじいさんがやって来る
町のはずれのいつものカフェ
一番すみのいつもの椅子に腰をおろし
今日はそのまま寝てしまう
夢の中を風が吹いている
ささ　ざざ　葉が光る
椅子はあの丘の上の木にもどり
おじいさんはあの時の子供にもどり
ささ　ざざ　光る葉の中で
小さい足をゆらしている

五月

風を食べているの
と女の子は言った

スカートがふくらみ
むぎわら帽は背中にずれた
前髪がまくれ
まあるいおでこは汗ばんでいた

おいしい?
と男の子は聞いた
女の子のおでこに汗でくっついている
うぶ毛を見ながら聞いた
ああひい　ああひい
女の子は口を開けたまま答える
男の子は女の子のとなりに並ぶと
同じようにお尻を後ろに跳ね
あごをつき出し口を開けた
ああひい　ああひい

麦の畑は波打って
金色の川となり
二匹の魚を揺らしていく

しぶきをあげ　川巾を広げて
キラキラと流れていく

運動会

子どもは走る
ヨーイドンで走る
前だけ見て走る
ライオンは追ってこないのに
子どもは走る
「がんばれ」の声も聞こえず
『天国と地獄』も聞こえず
だまったまま
走るだけの生きものになって
たったの二本足で
子どもは走る
大草原をゆらし
日差しをつきぬけて

子どもが走る
テープはもう切られているのに
世界の旗の下を
風だけをしたがえて
子どもが走っている

風神

土手の上
大きなビニール袋の口を
両手で広げて風の中に立つ
ぼおんと袋が跳ねあがり
持っていかれそうだ
両足を踏んばり持ちこたえ
袋の口をしっかり握って走り出す
風死ぬな　風死ぬな　風死ぬな　風死ぬな
マンションの階段を
膝小僧があごにぶつかるほど上げて
一段一段越えていき
三階の南の部屋
そのベッドのふちに立つと
袋の口をゆるめてそっと押す
わずかな風が
生まれたての赤ん坊の髪を
ふうわりと持ち上げる
ほら　これが風だ
大きくなったらいっしょに
風の中を走るぞ
早く早く早く大きくなれ
はあはあと荒い息をしながら
お兄ちゃんは弟にびしっと言う

乗り合いバス

風の乗り合いバスに
しじみチョウが乗っていった

赤い風船が乗っていった
タンポポの綿毛は大さわぎして
団体で乗っていった
僕の作った紙ヒコーキも乗っていった
でも次の停留所で降りてきてしまった
空をどこまでも旅したい僕の心も
乗せていたのに

時間の乗り合いバスに
三毛の子猫と乗り合った
ボクシングしたりかくれんぼしたりして
いつもいつも一緒にいたのに
バスが小さな停留所に止まると
降りていってしまった
バスの扉はすぐ閉まってしまって
窓に映る僕の顔は
一人になった僕をじっと見ている
バスはまだまだ走って行く
どこまでも走って行く

かぜめぐり　1

*

持ち時間は終りですというふうに空が暮れて
もう何もそよがなくなった
だれだろうあんなところで
手を振っている人がいる

*

ササガヤもエノコログサもうなずいている
キリギリスも羽を閉じて聞いている
風ぼうぼうぼう
よほど本気のことを言っているのだ

*

葉っぱに盛られたごちそうを
つぎつぎとたいらげて
一人きりのままごとあそびは

風がおきゃくさま

＊

夢の中にも風は吹いていた
ススキのひと群れ光らすように
私の夜をひと揺れさせて
まだ見ぬ彼方へと

＊

セロの中の子ねずみみたいに
ちぢこまっていた
風が家を楽器のように鳴らすので
演奏は一晩中　クライマックス

＊

ああん待って　行かないで
草たちは切な気に手を伸ばすが
サラリと去るのが風の美学
後姿が決まっている

砂

遠い砂の話をしようか
砂は土より骨に近くて
さらさらと鳴る　砂のことだよ

背骨を持ったので
意志も持った
漂ったり流されたりするのではなく
生きたい方へ
行けるようになった
はじめての旅は
どんなだったろう

遠い遠い
生きものたちの通（とお）った
砂のことだよ
いくら小さな粒になっても
混ざらない

さびしい人が千人集まっても
さびしい気持ちが溶けあわないように
風に舞ってまぎれたりはしても
遠い砂の　遠い孤独

生きものたちは
いつか土になることを
簡単に引き受けてしまったけれど
意志は白く積って
さらさらと　鳴るのだ

西の国

両手に何もなかった
足元に霧が立ち
やって来たのは雨
両手に受けて飲んだ
両手に何もなかった

森を揺さぶって
やって来たのは風
鼻で受けると
青いにおい　赤いにおい
くだものが熟れはじめている
てのひらをくだものの丸みに合わせたかった
森に向かった

両手で木をつかまえて
風より強く揺さぶる
小さい青い実は寝ていろ
大きい赤い実は落ちてこお
両手に重い赤い実をかかえ
汁をすすり　種をしゃぶる
種を放り投げると
両手は何もなくなった

両手は何もないと鳥の翼のようだ
どこへでも行ける

草の空をかき分けて進んでいくと
やって来たのは夜
両手をしんと冷たくさせる
岩穴の乾いた砂に横になり
両手を組み合わせて眠る
静かに西を目指す旅の
今夜はどのあたりだろう

セイタカアワダチソウ

このごろ見かけないけれど
おじいさんはどうしたの？
山の中にもいないのよ

このごろうわさを聞かないけれど
おばあさんはどうしたの？
川の端にもいないのよ

このごろ泣き声聞かないけれど
人間たちはどうしたの？
そこいら中に繁殖してたのに
家はどれも立ち枯れてしまって
薄い灯りも点らない
自分たちが作った毒に
自分たちも殺られてしまったのか
残ったものはこの星を捨てて
別なところに行ったのか

ひょうる　ひょうる
ひょうる
風が地を這って行く

あれからずいぶん経ったけど
話のつづきはどうしたの？
どこの星にも似たような
むかし話があったけど

むかしむかしのそのむかし
住んでいたのはだれだったろう

＊セイタカアワダチソウは根から毒を出し他の植物を枯らして増えるが　あまり増えると自分もその毒に殺られてしまうと言う

おもうと

エンピツだとおもうから
クイクイとナイフで削るのだけれど
心だとおもうと
痛い痛い　歯をくいしばって削る

サイフだとおもうから
お金を入れて懐の奥にかくすのだけれど
帽子だとおもうと冠ってしまう
バラバラと頭から小銭が落ちて
拾おうとかがむと帽子も落ちてくる

水道の蛇口だとおもうから
口をつけて水を飲むのだけれど
靴下だとおもうと
開いている穴に人さし指を入れて
足の裏をくすぐりたくなる

詩だとおもうから
想いを込めて書いているのだけれど
落ち葉だとおもうと
カサコソいつの間にか
風に居場所を変えられている
仕方ないので　ながめている

春

僕は冬眠する

ベッドの上で
目ざめれば春
手術が終る

山へ帰りたいな
「山だって？
今じゃゴミの山しか残っていない」
木に背中をこすりつけたいな
「木だって？
木なんてものはドラマの中のつくりもの」
風に鼻の先を伸ばしたいな
「風、だって？
風は精密機械を狂わせる
いいかね
風のことは口にしちゃあいけない」
「先生、この子は自分がクマだと思っている、
それなら私もクマです
この子がキツネだと言うのなら
私もキツネ
ああそれは　それだけは
間違いないです」

母さんの声だ
母さんならわかってくれる
本当は僕はクマなのに
人間の形して二本の足で歩くのは
すごく嫌だ

「人間はいつだって最高なのに
どうしてそれがわからないのか
どうしてそれがわからないのか
きっとどこかがマズかったのだ
脳のチップを入れ替えましょう
そうすればお母さん
お子さんは完璧な人間に
なれますよ」

僕は冬眠する
ベッドの上で
遠くから鳥の声がする
花の香りだってしてくる
母さん、一緒に山に帰ろう
風が背中の毛をなでていく
目ざめれば春
きっと

受胎

あの山
おんぎゃ
おんぎゃ
おん　ぎいやあ
赤ん坊の声だか
猫の声だか
風の音だか

捨てられた山の村に
一人残ったばあさまが
捨てられた猫たちに
たのんでたのんで　死んだのだと

死んだらこの体、食べておくれなあ
ザラザラの舌で
こそげ取っておくれなあ
後片もなく
舐めて舐めて舐めて
おくれなあ
そのうちに村は雪で埋まって
長い冬が来るだろう
たましいは鳥鳴けば
鳥になって里まで行けや
風吹けば風になって
町まで行けや
残った体は猫になって

山の上で　鳴くだろう

あの山
おんぎゃ
おんぎゃ
おん　ぎいやあ
赤ん坊の声だか
猫の声だか
風の音だか

ほら　また聞こえる
赤ん坊が泣いている
と女は言う
猫どもがさわいでるだけさ
と男は言う
風うさぎが次々と屋根を渡って行く
そんな夜だ
満月の
おんぎゃ　おんぎゃ
おん　ぎいやあ
　　ぎいやあ
　　　　やあ

娘

小さな岩にその娘は
薄衣をまとって腰かけていました
右手を空にまっすぐに上げて
あ　風
というと草の葉先が揺れはじめ
ああ　風
というと　娘の長い髪も衣も同じ方へ
たなびくのでした
左手を空に上げて
あ　雨
というと雨が岩肌をぬらし

ああ　よく降る
というと　ザーザーといつまでも
降りつづくのでした
娘にはいつも言葉が先にあり
あ　花
というと花が咲き
ああ　もう
というと　花が散ったのです

ある日娘が
「おーい」と呼びかけると
一人の若者があらわれて
娘に笑いかけました
そして足元の花を見つけて
あ　花
と言い　一つ摘むと
右手をまっすぐに伸ばして
娘に差し出したのです
言葉はいつもあとにある

このもどかしさをどうしよう
そう言って娘の肩を抱きよせたのです
娘はうっとりと毎日を送りました　ただ
若者は娘にしか見えなかったので
娘が大人になって岩の上から消えてしまうと
もうなにもなかったのでした
想いはいつも先をいく
このさびしさをどうしよう

岩井堂山のてっぺんには　今でも
娘が腰かけていた岩があり
風が吹くと娘の歌う声が
聞こえてくるのだそうです
ふもとの村では女たちが
あ　歌……
機織りの手を止め
耳をすますのだそうです
岩の上に座って風に吹かれていたあのころを
なつかしく思い出すのだそうです

街

僕たちの星では
みんなかるがるとしていてね
風は川のように　流れていたよ

（清潔な白いシーツは
　少年の揺れる指先で川になる）

ちょうど目の高さに風は流れていて
その淵に僕はいたんだ
いつも　一人で
困ることはなかったよ
風の中には何でもあって
風に乗って流れて来るからさ
サラダが食べたい、
そんな日は
トマトとレタスとドレッシングを
風の岸で待てばいい

のどが痛い時は手をのばして
ハチミツキャンデーをつかまえる

いらなくなった自転車は
ひょいと持ち上げて
風の中に入れてやる
あっという間に飛んで行ったよ
そのうちどこかのほしい人が
風の中から　引き出すだろう

ある日僕は　靴と帽子をぬいで
風の中へ入れたんだ
ポケットの中身も全部
ガムとかナイフとかね
ぶちまけた
途中で僕の体から
はぐれてしまうと思ったからね
そして次は僕だ
どこかで僕を待っててくれてる人に

つかまえてもらおうって
上着の裾が　バタバタいったよ
僕は大きく
ジャンプした

ここはどこなの？
ここの風は　木の葉を揺らすだけだね

その時　窓から風が入って来て
シーツの川の上に
小さなクモを下ろした

「この星は
何もかもが重いのだから
塔の上からジャンプをしてはいけないよ
風は遠くまで流れては行かない
ビルの先はどこも行き止まり
なんだから」

お医者さんはそう言って
カルテに書き込んだ

『いつも一人
　ある日　ジャンプ』

少年はクモをそっと　てのひらで包んで
病院の窓から放した
クモは風に乗って流れて行った
糸がキラリと光って
水しぶきのように見えた

子さがし

萩の根っこをゆすり
くずの葉を裏返して
帰らぬ子供を捜すうちに
母親は風になったのだという

子さがしの風が吹く
戦さ終っても
帰らぬ子供さがして
青山　赤山　吹く風だ

手がかりはないかと
炭焼き小屋の
クモの巣のにおいを嗅ぎ
谷川の
蛇の皮を脱がせて中を確かめ
山肌這っていく風だ

山の大きなほら穴は
ぼおお　ぼおお
ここにはおらぬ
山の小さなほら穴は
ほーお　ほーお
ほかさがせ

と吠えるのだが

何年も何年も捜し続けて
母親は年を取り
焦る心で吹き荒れる
桑のかぶつやカラスの巣
からんだままの長い髪を
投網（とあみ）引き上げるように引っぱって
山肌かけ上がる
てっぺんの雲をかき回すと
ざっぷんと身をひる返し
木々がキイキイ爪立てる中
丸ごと山を飲み込むように
口を大きく開いて
まっさかさまに吹いていくと
ほほの皮は耳までずれて
バダバタと鳴るのだ

ぼおお　ぼおお

ここにはおらぬ
ほーお　ほーお
ほかさがせ

子さがしの風が吹く
山という山　吠えさせて
どこまでも　どこまでも
渡って行く
いつかは
青波　赤波　こえて
遠い南の島まで
吹く風だ

ダイコン

まな板カタカタいわせて
ダイコンを切っている
ダイコンダイコン小さくなる
カタカタと小さくなる

そういえば
いくさのつらさ教えるの忘れて
送り出してしまった
いまごろ
湿った穴の中でふるえてはいないだろうか
行進の列の最後で
足をひきずってはいないだろうか

ダイコンを切っている
台所カタカタいわせて
ダイコンを切っている
ダイコン薄くなって増えていく

小さかったわたしの子ども
突撃の合図にひるまず走れただろうか
向かってくる相手を迷わず倒せただろうか
それとも迷わず来る相手に倒されたか

相手の母親も遠くの台所で
ダイコンを刻んでいるだろうか
カタカタカタカタ
刻んでいるだろうか

いくさのむなしさ教えるの忘れて
送り出してしまった
必ず生きて帰ってねなどと言って
送り出してしまった

地面カタカタいわせて
ダイコンを切っている
カタカタカタカタ
遠くの方からも　ひびいてくる

子どもに

水を飲んではいけないよ
水は汚れてしまった
外に出てはいけないよ
土の下は地雷でいっぱい
眠ってはいけないよ
すぐ逃げ出せるように

さあみんなで歌いなさい
うめき声消すために
怪我した敵を助けなさい
捕虜にするために
だまって聞きなさい
命令だけを

待ってはいけないよ
助けに来てくれる人を
だれも来てはくれないのだから
信じてはいけないよ
戦いはいつか終わるなどと
終わることはないのだから

生きていなくてはいけないよ
死んでしまったら
負けになってしまうのだから

何だって？
パンがあるって？
焼きたてのパンで
まだあたたかいって？

パンを食べてはいけないよ
パンなどもうないのだから
これは私の腕だよ

立つ

『光』と題した絵がある
子供は母親の胸に顔をうずめ
母親は左手でしっかりと
子供をかかえている
右手はまぶしさで寄せた眉の前に
大きくかざしている
強い光に何も見えずに
感光されていく親子
しっかりと抱き合ったそのかたまりを
真赤な鉄の風がちりぢりにくだいていくだろう
その絵の前に立つと
立った者が光になったような気持ちになる
一瞬のうちに何もかも吹き飛ばしてしまった
あの光と風になったような

かぜめぐり　3

＊

風ぼうぼうぼう
行ってしまったあとはしーんとして

草も木も雲も山も
なんだかうすっぺらになってしまった

＊

葉っぱがどんどん乾いていって
シャラシャラと風に鳴るころ
青は怖いほど青くなって
キシリと空を閉じ込める

＊

風が家の中に入って来た
カーテンを値踏みし書きかけの手紙をチェックし
肉じゃがの鍋をのぞいて出て行った
だれかに話しに行くらしい

＊

風がひと吹きでさらって行った
おもえば小さな炎だった
ろうそくの回りに闇が押し寄せてくるともう

風がずっと遠くを行くのがわかった

＊

風は雨より気ままだったので
晴れの日も吹いていった
風は光より自由だったので
暗闇の中へも吹いていった

＊

風は鳥を高みに押し上げ
野に種を蒔き
あるときは神様の姿になって
戸口に立つ

茶わん

街を歩いている人とすれちがう
すれちがうというのは不思議だ

受けとめなくても落ちていかない
上から下へだったら
手を差し出さないと落ちてしまう
こわれてしまう
東から西へ行く人とすれちがう
速度もゆるめずに
目も合わさずにすれちがったけれど
カチャン
何か割れる音が聞こえた気がして
振り返ることがある

まり

家々の塀の上を
上手につたってついて来た
店に着くころいなくなり
買物が終わって歩き出すと
どこからかまた現れて
先を行き　振り返り
先を行き　振り返り
そうやって家まで来ると
どこかへ行ってしまう
夕暮れどきの子供一人のおつかいを
心配してくれたのか
まり、まり、
そんなふうにして
一日を終わらせたことがあったね

雪の朝は
こっそり家に上げてやり
こっそりふとんに入れてやり
あたためあった
ふとんの中はうれしい
朝ねぼうはうれしい
いっしょはうれしい
生きているはうれしい
ゴロゴロゴロゴロ

まりののど鳴らしはどんどん激しくなり
ふとんを伝って地ひびきとなり
世界中を揺らしていくようだった
まり、まり、
そんなふうにして
一日をはじめたことがあったね

まりと一緒のあの時間は
まりの一生分だったなんて
呼ぶと
私に向かってまっすぐに走って来たまり
あのまっすぐな矢印は今も
私へと向けられている
私はしゃがんで両手をさし出す

まりに

風が走り出す
草が走り出す
昼の白い月が走り出す
そのあとを魚の形をした雲が
追いかけていく
地球の静かなスピード

遠いあの日
まりと草に座っていた
まりの見ているものを見
まりの呼吸と合わせていると
私は猫になり
十五年が一生の
しっぽの長い三毛の猫になり
あなたのたましいのことはわかっている
草の根を通してまりが伝えてきたので
私も　と答えたのだ

それなのにある日
まりが姿を消すと

私はかなしくてかなしくて
まり、まり、と毎日
夢の中までさがして歩いた

あれから四十年もたって
まりが帰って来た
こうして草に座っていると
隣にまりがいる
私と同じ呼吸で
草に座ったまま運ばれている
風景が移っていく
回りの草が走り出す
田んぼが走り出す
町と空が走り出す
一日とか一年とか一生とか
そんなふうには区切ることのできない流れの
あたたかな層の中を
私とまりと一緒に渡っているのがわかる
まり、まり、

あなたのたましいのことわかったよ
白い月がどこまでもついてくる
まりの毛を逆なでた風が
体の芯まで吹いてくる
雲が形をくずしていく
地球の静かなスピード

（『風ぼうぼうぼう』二〇〇四年思潮社刊）

未来

さあ絵を描きましょうと言うと
画用紙を青の絵の具でぬりつぶす人がいる
空の絵ですか？
いいえ
ずっとずっと先は宇宙とつながっているので
はじめに空を描くのです
その青色の上に太い筆で
緑色の大きなかたまりを二つ
山の絵ですか？
いいえ
山は空を止めている
だから次に山を描いたのです
そして真ん中に人
大きな大きな人を立たせる
顔は空のところ
体は山のところをぬりつぶして
（山の緑が混ざって　赤い服が黒っぽく
　なってしまった）
一人だけですか？
いいえ　千人です
この人のお腹の中に赤ちゃんがいます
赤ちゃんのお腹の中にも赤ちゃんが
その赤ちゃんにも……と
ずっとずっとつながっているのです
この人は未来という名前の私です
未来は空の色が透けて
青い顔をして立っていました

夢

さあ絵を描きましょうと言うと
画用紙の真ん中に人を一人描いて

はいできましたと言う人がいる
もうできたのですか?
うーん　と考えて
手に黒いカバンを持たせる
はいできました
もういいのですか?
うーん　と首をかしげて
人の回りに大きなカバンを
一つ二つ三つ
小さなカバンを
四つ五つ六つ
うーん　うーん
黄色だの赤だの緑だの
丸いのだのリボンつきのだの
ハンドバッグだのショルダーバッグだの
たくさんのカバンが
画用紙の余白を埋めていく
「わたしの夢」という冬休みの宿題だったのです
休みの最後の日に

画用紙の真ん中に人を一人描いて
はいできました　と言うと
なあに、まだまっ白じゃないの
バックも描きなさい、バックも!
とお母さんが言うので描いたのです
仕方がないので
かばんやさんという題で出したら
金賞をもらいました
この人の持っているカバンの中には
パイロットの名刺が入っています

歌

さあ絵を描きましょうと言うと
丸をいくつもいくつも描く人がいる
赤い丸は生きている人
青い丸は死んだ人
緑色は生きているかわからない人

紫は死んでいるかわからない人
はじっこの黄緑色のは私です
丸の中に細い筆で
チョンチョンチョンと入れると
笑っている人
怒っている人
寝ている人　知らん顔の人
泣いているのは私です
描き終わったら出ている色を
全部混ぜる　ぐるぐる混ぜる
それを一番太い筆につけて
歌いながらぬりつぶしていくのです
おじいさん　さようなら
おかあさん　さようなら
あの人も　さようなら
あの人も　さようなら
知らない人も　さようなら
絵はみるみる夜のようになりました
絵が乾いたら黄の色でいくつか
星を描くのだそうです

箱

さあ絵を描きましょうと言うと
大きな大きな四角を描く人がいる
これは？
家です　私の
その中にまた四角を描く
これは？
部屋です　私の
その中にまた四角を描く
これは？
机です　私の
その中に小さな四角を描く
これは？
箱です　私の
死んだセミを入れておいたブリキの箱

埋めておいたのを掘り出したのです
今　開けるところです
みんな集まって来る
子供のころに帰って
ドキドキして
あっ　銀色に光る茶色の水とかたまり
とろりとしたさびのにおい
開けてはいけなかった
開けてはいけないものだったのに
せっかく死んでいたのに
急いでふたをする
小さな箱　ぬりつぶして
机　ぬりつぶして
部屋　ぬりつぶして
家　ぬりつぶして
埋めました
ただ手に　少しまだ
さびのにおい

泥

さあ絵を描きましょうと言うと
紙にじかに絵の具をしぼり出す人がいる
赤一本　青一本　黄一本ぶんの絵の具
指でこねるとどろんこができる
きたないからと遊ばせてもらえなかったのです
砂場から引き出されて公園の水道で
すぐに手を洗わされました
いいぐあいにこねあがると
爪の中　指の股もヌテヌテヌテの
右手を紙に押しつけ
どろの花　と言う
左手を押しつけ
どろの花　と言う
花のように両手を広げて押しつけ
どろの蝶ちょう　と言う
紙に押しつけ　紙をこすり　紙をひっかき回す
山をくずせ　海とまぜろ

どろあらし吹きあれろ
花は埋まり　蝶も埋まり
絵はうず巻いて吠えているようになりました
大あらしが過ぎると
あたりは急に静かになる
西日がスポットライトのように
まっすぐに射すと
乾いた絵の具に小さなヒビが入り
どろに隠れていたいろいろな色が
輝き出しました

穴

さあ絵を描きましょう
と言っても描き出さない人がいる
絵は描きたくないですと言う
子供の頃　描いた絵をみんなに笑われたと言う
そして筆を逆さにして握ると大きく振り下ろし
画用紙の真ん中に穴を開ける
ウソの世界
とあたりを見回し
ホントの世界
と画用紙に開いた穴をのぞき込む
ウソの世界
と画用紙を下げてあたりを見回し
ホントの世界
と画用紙を上げて穴をのぞき込む
ホントの世界は描きたてほやほやの絵のようだ
濡れている　光っている　とてもきれい
見せて　見せて
ホントの世界をのぞきたい人が
画用紙の穴のこちら側に並ぶ
あっち　あっち
ホントの世界の住人になりたい人が
画用紙の穴の向こう側に移動する
ホントの世界は少し遠くて少し狭い
ウソの世界

ホントの世界
ウソの世界
ホントの世界
のぞく人がいるところは　ウソの世界
ホントの世界には行けません
ホントの世界にいる人は
ホントの世界を見られません
穴をのぞいている人に
きれい？　世界はきれい？
と何度も聞いています

広い窓のある白い部屋は　いつも光がみなぎっていてあたたかく　体がゆるやかにほぐれていくようでした　壁には何枚かの絵がかざられていて　絵の下には　大きくなったり小さくなったりしないきちんとした字で　作者の名前が書いてありました

（書きおろし）

散文

あの夏のこと

訪問者

あれは三十年前の暑い夏の午後でした、と話をはじめようと思う。

暑い夏の午後、家でごろごろしていると、外でコッツンコッツンと硬いものを叩く音がする。はて?と考えてぐずぐずしていると、またコッツンコッツンと音がする。やれやれよっこらと体を起こして出てみると、そこに白い羽の普通のニワトリがいて、捨てるには惜しいもう少し何かに使ってからと庭に放ってあった古い鍋を突ついていた。

ニワトリは私を感じて鍋から顔を上げ、私をじっと見た。私の寝ぼけ頭は、うちの庭にいることは有り得ないニワトリの出現に急に生き生きと動き出し、ニワトリの訴えを一瞬で理解したのだ。

「水が欲しいんだね」

私は庭の水道のところに行き、温い水をしばらく出して捨て、冷たい水で鍋をいっぱいにした。そしてこぼさぬようにゆっくり、ニワトリの前に置いた。

ニワトリは飲んだ。飲んだ飲んだ。首を下にしてくちばしを水に浸し、首を上にして喉に流し込む。オブラートに包んだ薬を飲む時のように、首が真っ直ぐになる。首の上がったり下がったりが何回も続き、いつまでも続き、その間に私は観察した。

ニワトリは前から見ると普通のニワトリだったが、腰から後ろは裸だった。羽が全く無くて鳥肌になっていて、ももがクリスマスの時に持ち手が銀紙で飾って出てくるあの形で二本、足と胴の間についていた。

水が首までいっぱいになったのだろう。半裸のニワトリは鍋から離れて一息つくと、ジュビッと水っぽい糞をした。それからもう一度私をじっと見、そのままどこへも行かなかった。

夕方になり、心細そうにしているニワトリを、私は抱き上げて軒の下の物干し竿に留まらせてやった。

首を羽の下に入れてニワトリは眠ったようだった。家の中からガラス戸越しに見ると、ニワトリの丸い後ろ姿が暗がりの中にボウと白く浮かんでいた。

　自分の家の軒の下にいきものがいるというのは、なんてうれしいものだろう。そしてそれが安心して眠っているというのは。その晩は何度もそうっと覗きに行き、ニワトリの静かな眠りを確かめ、うっすらとうれしくなって居間にもどった。

　寝る前にもう一度見に行くと、同じ形で眠っていた。

　私は布団の中でもうれしかった。

こうして

「逃げ出して来たんだわなぁ」

「犬か猫にやられたんだねぇ　まっあ　毛が抜けてて」

「悪い病気にかかって捨てられただかもよ。下痢していただもの。うちに来たけど嫌だからさあ　追い出したんだ」

「うちにも来た来た。気持ち悪いから　シッシッとやった」

　そんなふうに追われ追われして、ニワトリは我家に来たということが後日分かった。

　ノラ犬か何かに後ろ半分をつかまれて、ニワトリは死に物狂いでもがいたのだろう。羽毛が、破れた羽根枕を振り回したようにもうもうと立ち上っただろう。捜しに来た飼い主はあたり一面の羽を見て、もう生きていないとあきらめただろう。このニワトリはしばらくうちで飼おう。寒くなるまでなら、うちの庭ででも、たったの一羽ででも、やっていける。寒くなったらニワトリを飼っている人にもらってもらえばいい。（新鮮な卵を食べたいと、十羽ほどのニワトリを飼っている家が何軒かあった）

　何日たっても、このニワトリはうちのですという人は現れず、こうしてニワトリは夏の間だけ、うちのニワトリになった。

うちのニワトリ

　きっと怖かったり心細かったりが原因だったのだ。ニワトリの下痢は翌日ピタリと止まって、ご飯の残りや菜っぱをよく食べた。私が庭に出ると一直線に走って来て、私を見上げる。味噌汁の貝殻を石で砕いて小さくしてやると、砕くそばから首を出してついばむ。餅搗きの合いの手よりいいタイミングで。自分の頭の上に石を振り落とすようなこと、この人は絶対にしないと信じているのだ。

裏庭では好物のコオロギを食べさせてやるため、庭石の片方を持ち上げてやった。コオロギは石の下の透き間に隠れている。ニワトリは、目にも止まらぬ早さ、という早さでコオロギを飲み込んでいく。石の奥深くまで頭を突っこんで。石を頭の上に落とすようなこと、この人は絶対にしないと信じているのだ。

いきものに信じられているというのは、なんてうれしいことだろう。私はうっかり、ということが決してないように、真剣に小石を打ち下ろしたり、敷石を持ち上げたりした。

私を信じている、うちのニワトリ。世界中のニワトリの中の、たった一羽だけのうちのニワトリ。

卵

コオロギやミミズや貝殻や草の種を食べ、お尻の羽も少しづつ生えてきたニワトリの卵は、どんなにおいしいだろう。私は楽しみにするようになった。

ところがニワトリは私の見ていないすきに、塀をくぐり、小道を渡り、二軒も先の家の庭に卵を産んでいたのだ。

それはない、いくらなんでもそれはない。

私は、ここ、ここで産むのだよ、ということを伝えるため、石膏を固め、卵の形に削って擬似卵を作り、羊歯の葉の陰に置いた。

その試みは成功した。何日かして卵が三つ、羊歯の葉の下に静かにあった。

それを割って食べた。黄味はオレンジ色、とてもおいしかった。それくらいしか覚えていない。味よりもずっとずっとすばらしかったのは、庭に産み落とされた卵の様子だった。

羊歯の下の芝草の上に、肩を寄せ合うようにしてひっそりとあった白い卵。そこはしんとして、湖の底のようで、水を通りぬけた光が卵の上で揺れていた。卵は時々薄緑色に染まり、何かやさしいものに守られているようだった。

記憶の中で、卵は輝く宝石で、大地が誇らしげにその冠を載せている。

私はかがんでいつまでも眺めていた。

病気

ニワトリが病気になった。卵を産まなくなり、餌を食べなくなり、しゃがみこんだまま庭の隅の草の中で動かない。トサカの色も悪いようだ。私は慌てた。

家の本棚にニワトリに関する本は無かったが、『カナリヤの飼い方』という古い本を見つけた。それで調べてみると、卵がお腹の中でいくつも溜ってしまい産めずに苦しんでいる、という症状に似ていた。それを治すには肛門からグリセリンを注入する。すると滑りがよくなって卵が出てくるというのだ。早く卵を出してやらなければならなかった。

グリセリンは無かったのでサラダ油でもいいかということになり、私と妹がニワトリをおさえ、弟がスポイトで油を肛門に入れた。

卵は滑り出て来るのだろうか。皆の見守る中、ニワトリはすくっと立ち上がり、腰をプルプルッと振った。そしてピューウッと虹のようなアーチで、入れた油をお尻から吐き出した。ニワトリの病気は卵詰まりではないようだった。

次の日、私はペットショップで買った「伝書バトのエサ」と書かれた袋を持って帰宅した。その袋には「一粒で千メートル、栄養マンテン」とキャラメルの箱に書いてあるようなことが書かれていて、食べたらてきめんに元気が出そうだった。

とうもろこしや、粟や稗や、何かの種を砕いてあるその餌をてのひらに乗せ差し出すと、ニワトリは食べた。次々に食べた。あんなに食欲が無かったのが嘘のよう。ただてのひらが痛かった。くちばしは硬く尖っていて、食べ終わるとてのひらには赤いポツポツができた。それでも私は餌を手から与えた。イタッとかイテテテと言い、涙目になったが、ニワトリがおいしそうに突つくのを見るのはうれしかった。

そうして三日目。手は痛くなくなった。ニワトリが手を突つかなくなったのだ。ニワトリの目の確かさと、くちばしの器用さはすばらしい。てのひらにくちばしの先を当てずに餌だけをついばんでいく。私の手が餌箱とは違うということが分かったのだ。人間も自分と同じように、突つかれると痛いらしい、と感じてくれたのだ。

私はうれしかった。世界中のニワトリの中のたった一羽だけの、うちのニワトリ。私のてのひらを大事にする世界一のニワトリ。

ニワトリはどんどん食べて元気を取り戻し、トサカの色も見る見る良くなっていった。

芸

伝書鳩の餌を食べて、ニワトリはすっかり元気になった。私の後をどこまでも付いてくる。後を付いてくるいきものがいるというのは、なんてうれしいものだろう。夕暮れになると疼くさみしいところが、ほかりと暖かかった。

私が走るとニワトリも走る。遅れまいと、スキップの足取りで一所懸命追いかけてくる。これを生かして何か芸ができたらどんなにいいだろうと私は考えた。

そこでダンボールを切って色を塗り、入道雲のような帽子を高々と被ったコックさんを作った。コックさんは太っていて、目をギョロギョロさせている。両足を大きく開き、腰をかがめてつかまえようとしている。左手にフライパン、右手には大きな包丁を握っている。そのコックさんの足元を、ニワトリが逃げ回るという芸。

コックさんの股の間を潜り抜けたりするともっといい。見る人は迫力ある演出を期待しているだろう。庭の真ん中にコックさんを立たせ私は走る。

コーココ　コーココ

ニワトリも私の後を追って走る。

ココ　ココ　コーココ

芸の完成を目指して、私とニワトリは庭のあっちからこっちへ、こっちからあっちへ走った。私の後を付いて走るニワトリ。私だけの後をどこまでも付いて走るニワトリ。ニワトリにとって私は世界中の人間の中の、たった一人の人間だった。

コーココ　コーココ

夏の長い夕暮れを、私とニワトリは何度も何度も走った。

別れ

毎日走っていたせいかニワトリのももは筋肉が引き締まり、ほれぼれするようになった。すっくり立った姿はモンペをはいたように立派で、記憶の中では夏の光がシャワーのように降る中、鳳凰のように胸を張って輝いている。

こうして夏が終った。羊歯の葉も枯れはじめた。夜は冷えて、ニワトリは羽をふくらませて寝るようになった。仲間のところで暮らす時が来ていた。

私は親しくしている、ニワトリを飼っているやさしい人に、ニワトリをもらってほしいと言い、その人は快く引き受けてくれた。

ニワトリはニワトリ小屋に入った。私はたのんだ。ニワトリはよそものをいじめることがある。ニワトリ全員が寄ってたかって、この一羽を突つくかもしれない。どうか気をつけてやってほしいと何度もたのんだ。

翌日行ってみると、あのニワトリは一羽だけ、小屋の隅の小さな囲いの中にいた。やっぱりいじめられましたか、私は少し強い口調で言った。

「そうだないのよ。おたくのニワトリが　まっあ元気でうちのニワトリを突ついて回るもんで……」とその人は済まなさそうに言うのだ。囲いに入れてしばらく様子を見て、それから一緒にするということだった。

何日かして行ってみると、ニワトリは仲間のニワトリと一緒になっていた。どれがあのニワトリか、もう分からない。

ニワトリたちは、コオココ　コオココと喉の奥で鳴き、ニワトリたちはあっちへこっちへむやみに歩き、餌を持って近づくと、ニワトリたちは餌だけを見てさわぎたて、ニワトリたちはガツガツと突つき、餌が無くなるとさっさと小屋の奥へ行ってしまった。

ニワトリたちの後ろ姿。

ニワトリたち……。世界中のすべてのニワトリを指す言葉。その呼び名の中に、あのニワトリも入っていってしまった。

　鳥小屋は小さいものだったが、私の記憶の中では奥が見えないほど深く、ニワトリたちはあの一羽の後ろ姿もどこかに紛れ込ませて、遠く遠くどこまでも去っていった。

　夕暮れ時がはじまっていた。コオロギの鳴き声が石の下からも草の中からも、そこいら中から屏風のように私を囲み、響いていた。

　そうして私もまた、人間たち、に戻ったのだ。


　今もふうっと思い出す。

　世界中のニワトリの中のたった一羽と暮らした、あの夏のこと。


（書きおろし）

詩を書こう詩を読もう楽しもう

　詩を書こう！　と私はあなたに呼びかける。おもしろそう、書いてみようかな、とあなたが思った途端、あなたはタモ（小型の掬い網）を持つ人になる。川が足元をさらさらと流れはじめる。あなたはタモを川に差し入れ持ち上げてみる。ほら、何か入っている。ゴミと一緒に小さなチラリと光るものが入っている。あなたはそれを広告の裏や、いらなくなった書類の裏に広げていく。自分という流れの中にこんなに沢山のものが流れていたなんて、とあなたはびっくりする。

　私も長い間詩を書くということを考えもせずに暮らしてきたので、タモに入っていたものを見てびっくりした。そして生まれてからずっと川は流れていたのに、掬ってみることをしなかったことに気づいた。

　詩はいい。掬って並べて、これが詩です、と本人が言えば間違いなくそれは詩だからだ。むずかしい約束ごとは何も無い。「その変なものを詩とは呼びません」などと文句をつける人はだれもいない。流れに立って一つ一つ大事に掬いあげていくたびに、自分というものが見えてくる気がする。それはちょっと楽しい。いくつかたまったら、清書してコピーしてリボンで綴じて友達にあげよう。私も友達からそんな詩集をもらった。それがとてもうれしかったので私も書いてみようと思った。書きはじめたのは四十六歳のころ。タモを持つようになって一人の時間を楽しめるようになった。だから詩はいいよ、詩を書こうよ、と私はあなたに呼びかける。

詩を読もう！　と私はあなたに呼びかける。二十一世紀は詩の時代ですよと強気で話を進めてみる。まずは若者に架空のインタビュー。

「うん、詩って難解だって言われてるみたいだけどそんなことないね。ヘンテコリンなのやゾクゾクするのやいろいろあるもんね。おもしろいよ。僕は今までマンガしか読まなかったんだけどね。詩ってほら、字がかたまっていて白いところがいっぱいあるでしょう、だからとてもいい。リュックの中にいつも一冊入ってるよ」

ビルから出てきたサラリーマン風の人は、

「ええ、読みますよ。電車の中で読むのに丁度いいんです。自然を詠んだものが好きですね。ページを開くと、さあっと風が吹いてくるような詩。忙しさを忘れさせてくれますね。システム手帳と並んでカバンの中に入っていますよ、ほら」

子供をだっこしたお母さんは、

「毎晩子供にせがまれて絵本を読んでいるんですよ。子供が寝てしまうと絵本を本棚にもどして棚の隅に置いてある詩集を取り出すんです。そして今度は自分のために詩を読むんです。美しい言葉がカサカサになった心に染み込んでいきます。一日の疲れがパアーっと取れて、私にとっては大事な大事な時間なんです」

庭で花の手入れをしていた老夫婦は、

「ああ、詩、ね。毎日読んでいます。私達は目が覚めるのがどんどん早くなってきましてね。あまり朝早くからゴソゴソやるのはご近所迷惑かなと思いまして、五時頃目覚めてしまったら布団の中で詩を読むことにしたのです。小説は目が疲れますけどね。詩は大丈夫です。枕元にね、お気に入りの詩集を置いて寝てますよ。人生について静かに考えさせてくれるような詩が好きです。じっくり何度も読み返していますよ」

……とこんなふうに皆が詩を読むようになったらどんなにいいか。いろいろな絵やいろいろな音楽があるように、いろいろな詩がある。いろいろないい詩が沢山ある。あっ私この詩好きだな、というものにきっと出会える。図書館に行って、本屋に出かけて、詩とのいい出会いをしてほしい。学校に通う子がいたら教科書を見せてもらうのもいい。へえ、今はこんな詩が載っているのかと、新しい詩に出会えるかも知れない。あれ、これは私の頃にもあったぞと、なつかしい詩と再会するかも知れない。

私が中学、高校の時、詩は現代国語の教科書の一番はじめに出ていた。

小諸なる古城のほとり
雲白く遊子悲しむ

島崎藤村の「小諸なる古城のほとり」を子供の教科書で見つけた時、教室の窓から見た淡い色の空が広がった。あの頃の風が吹いてきた。冬の寒さから解き放たれた体と、新学期の始まりの張りつめた心が、新しい教科書の匂いと混ざっていたっけ……。

詩とのいい出会いをして下さい。

私はあなたに呼びかける。

詩を書こう詩を読もう楽しもうよ。

（「月刊百科」二〇〇一年五月号）

リラの蕾と冬越したカメ

リラの花が咲くころに子供がカメを買ってきました。カメは緑色でとても小さく、ほとんど動かなかったので、水槽を覗（のぞ）き込んだ人が「あっ死んでらあ」と言い、シンデレラと呼ばれるようになりました。

シンデレラは市販の餌（えさ）に飽きるとナメクジを食べました。庭の鉢裏にいる小さいのを、箸（はし）でつまんでよくやりました。飲み込んだあと、口のまわりに付いたぬめぬめを取ろうと、短い前足で顔をこする様はなかなかかわいいのでした。夏が過ぎ秋が来て、シンデレラが何も食べなくなったので「また春に会おうね」と植木鉢に入れ土をかけ、庭の暖かな場所に置いたのです。

次の春、リラの花が散ってもしんとしたままなので鉢をひっくり返してみました。甲らがコロンところがり出ました。そして本当なら顔が出てくるとこから、つやつやと太ったナメクジが何匹か這（は）い出して来たのです。シンデレラはうまく冬が越せず、庭の隅で冬を耐えたナメクジ達の最初のごちそうになったのでしょうか。

あれから何年か経ち、我が家には今小さな茶色のカメがいます。カメと呼ばれていてミミズが好物です。家の中での冬眠がよかったのか、春を三回迎えました。

「水がぬるんで来たね、風もやわらかだ、今年も冬を越せたね」と水槽を外に出しながら私はカメに言います。お互い無事で、また同じ春に出会えたことを喜びあいます。カメはのこのこ水から出て、気持ちよさそうに石の上で甲ら干しを始めます。カメは万年。このカメは春を一万回迎えることができるでしょうか。一万年後の春はどんなでしょうか。膨らんで来たリラの蕾（つぼみ）を見上げながら思います。

（「読売新聞」二〇〇一年四月一八日）

湖の糸車

そう、あれはちょうど一年ほど前のことです。私は久しぶりに秋の山に出かけたのでした。

ポツラポツラ生えている食べられるきのこを取って腰のびくに入れたり、あけびや地なしをかじったりして、私はゆかいに歩きました。

日差しはやわらかく、空気は透き通っていて、私は山鳥の真似をして鳴いてみたりしました。

ところが、あまりいい気になってたおれたクヌギの木をこえたり、ツタのからまるイバラをくぐったりして、しゃにむに来たものですから、いったいどっちへ行けば帰れるのかわからなくなってしまったのです。

秋の日はずいぶんうすくなって、何だか少し寒くなってきました。

私はあわてました。やっとさがした道も、しばらく行くと二つに別れていました。

とにかく山を降りれば人がいるだろう、そうしたらちゃんとした道を聞けばいい。

私は左の急な方の道を選び、つま先に力を入れて、かけるように下りはじめたのです。

道はしだいにゆるやかになりました。

しばらく行くとすみ焼き小屋がありました。

ああどうやら、つるべ落しの秋の日が沈まぬうちに里へ着けそうだぞ、私はずいぶんとホッとしたのです。

でも、ここの里の人たちはきのこなど取って食べたりしないのでしょうか。たくさんのきのこが道のわきにまで生えていて、ちょっと奥の方にはうすむらさきのしめじやくりたけやしもふりがざっくりと見えて、今まで、虫くいのじこぼうまでびくに入れていたのがバカらしいようなのです。

もっと下って行きますとクルミの木が並んで生えていました。どうやらもうじき人に会えそうだぞと、私は喜びました。

しかしここの人たちは、クルミを植えておいて取って食べたりはしないのでしょうか。実がわれて明るい色のクルミが地面いっぱいちらばっているのです。

しばらく行くとクワ畑が見えて来ました。でもクワもここ何年も刈った様子がないのでした。

私はだんだん心細くなってきました。

クワ畑の隣の畑もひどいものでした。雑草が伸びほうだいに伸び、太った種をこぼしていました。その中に赤くさびたスキとクワが放り出したようにころがっているのです。

何かおそろしいものが来て、みんなすごい勢いでにげてしまったというふうでした。

畑の向こうに農家が見えました。私はそれでもと思い家の方に足を向けました。

庭もやはり草だらけで、ござやらぼてやらが、そのまま こわれたり腐ったりしてほうってありました。家の戸はあけっぱなしになっており、ガランとした暗い部屋には、まぶしや、カナクリが、ほこりをかぶってひっくり返っておりました。

どう見ても何かとてつもないひどいものが来て、みんなどこかへ行ってしまったというふうなのです。

風がしゅうと吹きました。

私は長くいては大変なことになるかもしれないと思い、あわてて走りだそうとした時です。歌が……確かに人が歌っているのです。歌が聞こえて来たのです。

のおんの　やあらあ　のん
のん　のおん　のんらあ　や
回れや　回れえ
糸ぐるま
北風吹こうても　のん
雨ふろうても　のん
雪つもろうても　のん
回れえやあ
のん　のおん　のんらあ　や

私は体の中があたたかくなりました。

なあんだ人がいるんだ。今までだれにも会わなかったものだからずいぶんとこわいことまで考えてしまった。ここは普通の村で、ただ村のはずれは空家が多かっただけなのだと思ったのでした。

私は歌声のする方へ歩いて行きました。

とにかく早く車の通る広い通りへ出る道を教えてもらわなくてはなりません。

　のん　のおんの　やあらあ　のん
　風　よぼうても　のん
　雨　さそうても　のん
　雪　まねえても　のん
　回れえやあ
　のん　のおん　のんらあ　や

私は歌声のする家をさがしあて、戸を何度もたたきました。でも聞こえないらしく歌声も止む様子がないので、私は思いきって戸を引いて開けました。

　やせたおばあさんが、ひとり土間にすわって歌っていました。

　土間には沢山のマメの枝がちらばっており、そのまん中で、おばあさんは左手をよるような感じに動かし、右手を空中でぐるぐる回して歌っているのです。ちょうど糸をつむぐような格好でした。でもおばあさんの前には、糸も糸ぐるまも何もないのでした。

「おばあさん」

　私はよびました。

「おばあさん、おばあさん」

　おばあさんは耳が悪いらしいのです。

「おばあさん」

　のん　のん　のんらあ　や

　その時、秋の遠い陽が小さな窓をくぐって、長く土間まで差し込みました。

　するとおばあさんの手元が、さあっと明るく浮き上がり、おばあさんはちょうど、キラキラする光の糸をつむいでいるように見えました。

「おばあさん、」

　私はおばあさんの耳に口を近づけて、大声でよびました。おばあさんは手を止めて、私の方をふり向きましたが、目はとじたままでした。目も悪いらしいのです。

「おばあさん、道に迷ってしまったのです。ここはどこでしょう。どっちへ行けば広い道に出ますか?」

　私は大声で言いました。

「はいよう、あんたさんはだれだろう。村のもんが帰って来たのじゃったら、このばばの糸をとるのを手伝うておくれや。よそのもんが迷って来たのじゃったら、このばばの話を聞いておくれや。」

　私の言うことがわかったのかわからないのか、おばあさんは遠い所を見るような顔をしてから話しはじめました。

「あんた、ありゃもう、ずいぶんな昔のことだに。村は貧しかったがなア、みんなよく働いた。クワをつんでおカイコ飼って糸を取った。

　時々にゃあ山へ、わらびやらきのこやら取りにも行った。クルミも植えた。子どもらは、山うさぎおっかけたりしてなア。絹をこさえてるに、絹の着物に手え通したこともねえ、そんな貧しい村じゃっただがみんなけっこうおもしろく働いとった。」

　私が今ここを出て行ってしまっても、おばあさんは一人目をとじたまま話を続けているのでしょう。だれに話すというのでもなく、もう一度思い出して確かめているというふうでした。

　私は急いでいましたが、このままここを出て行く気にはなれませんでした。

　私は土間のすみの小さな石に腰をおろしました。

「あんた、おカイコさんはいくらでもクワを食べるよ。その日も新しいクワを植えるためにな、みんな畑（はた）へ出てさくったりならしたりしておった。

　ところが村のはずれの三本松あたりから、何だか不思議な歌声が聞こえて来ただに。はじめは物売りの声かと思っとったがぁそうでなかった。

　歌は時々消えたり、高くはずむようになったり、やさしくささやくようになったりして流れて来た。ダンダンというたたく音や、ベロンボロンかきならす音も混じって聞こえた。

　するとどうだよ、働いておったまだ尻の青い衆がみんなスキやクワを放り出すと音の方へかけ出したのじゃ。

　みんなが音のするところまで走り着いたのじゃろうか、歌声は急に高くなり、足ぶみする音やら、楽しげな笑い声も聞こえたが、しばらくするとパタッと止んで、それからは何も聞こえなくなった。

　若い衆は日が暮れても帰らんかったよ。何日待ってももどらんかった。

残された者たちは泣いて、それでも何かと忙しかったから野良へ出てだんだん忘れていった。

ところがまたある日、村はずれの三本松のあたりから、何だか不思議な歌声が聞こえて来ただに。

低い太い声で、その声が三角山にぶつかって返ると、おそろしいようなうなり声になってひびいた。歌声だけえでない。

三本松のあたりから風が吹くと、甘酒のような山ぶどうのような、なんとも言えぬうまいにおいが村中にただよって来た。

するとどうだよ。働いておった男どもが、スキやクワを放り出すと、音の方へかけ出したのじゃ。

男どもが音のところまで走り着いたのじゃろうか、歌声は急に高くなって、茶わんのぶつかりあうような音や、楽しげな笑い声も聞こえたが、しばらくするとパタッと止んで、それからは何も聞こえなくなった。

男どもは日が暮れても帰らんかったよ。何日待ってももどらんかった。

残された者たちは泣いて、それでも何かと忙しかったから野良へ出てだんだん忘れて行った。

ところがまたある日、村のはずれの三本松のあたりから、何だか不思議な歌声が聞こえて来ただに。ラッパやら鈴の音も混じって、大そうにぎやかじゃった。

するとどうだよ。遊んでおった子どもらが、コマやらわら馬を放り出すと音の方へかけ出したのじゃ。女どもは気がちがったようになって止めようとするだが、みんな子どもの力とは思えぬようなえらい強さで女どもの手をふり切るのじゃった。

歌声だけえでない。三本松のあたりから風が吹くと、ザラメのようなこうばしこいにおいがした。

そのうち、ひゅるるるると、のろしのようなものが上がったかと思うと、ドーンと大きな音がした。大砲だ、戦争だ、とさけぶ者もおったがそうでなかった。

のろしのように上がったのは、目もさめるようなあざやかな色のみごとな布で、雲のようにやわらかあに空にいく重にもかかって揺れた。

ドーンという音と一緒に、赤やら金やらに光る小さなものがパッと空に広がり、涼しい音をたててぶつかり合った。

するとどうだよ。女どもが子どもをひき止めるどころか、自分たちまで先をあらそって音の方へかけ出したのじゃ。

女子(おんなこ)どもが音のところへついたのじゃろうか、歌声は急に高くなり、手を打つ音や楽しげな笑い声も聞こえて来ただがしばらくするとパタッと止んで、それからは何も聞こえなくなった。

子どもらも、女どもも何日待っても帰らんかったよ。

残ったもんは泣いた。残ったもんはこのばばのように、耳が遠かったり、目が見えんかったり、つえがあっても歩けんかったりして、歌声が聞こえんかったもんや走っていけなかったもんじゃった。

その年はあんた、まゆの出来が悪く冬は寒かった。わしはもう燃やすもんもなく、白い雪をまゆならいいなと思って見ていた。

ところがある晩、何だか不思議な歌声が聞こえてきただよ。

今までの歌声やら布の話は、目のきくばあさや、耳のたっしゃなじいさに聞いた話だに。だけど今度の歌声は、わしの耳にも聞こえた。三本松なんかの方からでない。村のそこいら中、いや雲の、空の上からだ。雪がつもるようにゆっくりと、その歌声は降ってくる。歌声がだんだん近づいてくるとあたりはパアッと明るくなって、まるで昼間のようになった。銀もくせいやら口なしやらのいいにおいが村中にたちこめていた。

そしてこのばばにもはっきり見えただよお。金色の光の中から、沢山の雪のように白い手がまねえておるのだに。

「おむかえじゃ、おむかえじゃ」

と年寄りどもがさわいだ。わしは思わず手を合わせた。

「まいりましょう、さあ」

とそのお方は言った。ささやくよな声だったが、わしにもはっきり聞こえたよ。あんまりまぶしくてお姿は見えなかったが、白い手は絹のように冷たくてすべすべしとった。

ああその時、わしの目は本当によく見えていたよ。水の中のように青くゆれる光の中を、隣りのじいさも、向かいのばあさも、白い手に引かれてわしの前を上へ上へと上がって行く。立てないはずのおみねばあさまでが、らくらくと足を動かして上がって行く。

　みんな行ってしまうのかよ。

　わしはだれかがもどって来た時、迎えるもんがおらなくてはもうらしいと思った。

「このばばは、ここに残ります。」

　わしは白い手のお方に言った。お方はやさしく笑いかけたように見えた。

　気がつくとあたりはもとの闇で、見上げれば黒い雪がしんしんと降っているだけじゃった。そしてわしの目も耳も腰も、すっかり前のようになっていて、もう何年もこうしてここにすわったまんま、糸を取っておるのじゃよ。

　あんたあ、これでこのばばの話はしまいだに」

　夕暮れの風が雨戸をガタガタいわせていました。

　私は時間のことなどすっかり忘れて、おばあさんの話を聞いていたのでした。

　おばあさんはまた、ない糸ぐるまを回し、ない糸をとりはじめました。そして手を動かしたまま、思い出したように言いました。

「あんた、まだおるかや？　まだおるのなら、そこのマメの束を、ばばの回りに寄せておいてくださらんかよ。毎日六つぶづつマメを食べておるんじゃが、近くのマメはすっかり終ってしまったで……。」

　私はマメがらをどけて、すみにあった茶色に乾いたマメの束を、おばあさんの回りにつみ上げました。

　それから腰のびくのきのこやあけびを、おばあさんのひざの上に乗せると、その家を出たのでした。

　私はそれからどの位歩いたでしょうか。あたりの山々が切り絵のように黒くくっきりとせまってくる頃、私は運よくトラックにひろわれました。

　私は村の事をトラックの運転手さんに話しました。するとあの奥には村など一つもないというのです。

　そこは大きなダムができて、そんな村があったとしても今はみんな水の下だと運転手さんは言うのでした。

あれから一年たちました。

私はいく列ものクルミの木やクワの葉のしげったぐあいがはっきり思い出せてあの村がもうないなどと、とても信じられませんでした。

そしてまた来てみたのです。

でも運転手さんの言っていたとおりでした。ダムがおそろしいくらい青い水をたたえているだけでした。

でもこうしていると、私にはこの透き通った水の下にカイコを飼う村があって、そこには、生のマメを一日に六つぶづつ食べながら、おばあさんがひとり糸ぐるまを回しているような気がするのです。

風が水面をゆすって、金のあやを織りなすと湖の下からおばあさんの歌う声が聞こえてくるような気がするのです。

のおんの　やあらあ　のん
のん　のおん　のんらあ　や
水キラリ
絹の糸　キィラリ
みんな　行ってしもうたよ
水はぐるぐる
絹の糸はぐるぐる
糸ぐるま　のん
回れえやあ
十年　のん
百年　のん
千年　のん
休まず　のん
のおんの　やあらあ　のん
回れえやあ

（「日本児童文学」一九七七年二月号）

詩人論・作品論

風の吹く場所
――山崎るり子の現在

三浦雅士

『風ぼうぼうぼう』で、山崎るり子はひとつの尾根にたどりついたように見える。ぼうぼうぼうと吹き寄せる風は、尾根の風だ。風は横なぐりに吹きつけるだけではない。下からも吹きあげてくる。尾根は山頂ではない。山崎るり子は尾根づたいにさらに歩きつづけるだろう。いや、歩きつづけなければならない。山頂はむろんまだ見えはしない。ただ眼下に深い谷が見えるだけだ。

遠い昔、人類が類人猿から別れたとき、決定的だったのは食物を持ち寄るということだった。チンパンジーでさえも、手にした木の実や果物はその場でほおばる。食物を見つけるということとそれを食べるという行為は同じことなのだ。だが、人類は違う。採集した食物を持ち寄ってみんなで食べるようになったのである。これが人類の発生である。食卓の起源が人類の起源なのだ。こうして食事の時刻が定められ、つまりは時が計られることになった。人間は待つことと耐えることの意味――すなわち否定と抑圧の意味――を知ったのである。時間の起源だ。同じように人間は、性においても待つことと耐えることの意味を知るようになった。

朝、昼、夜という三区分がそのまま食事の時刻であること――また、とりわけ性は夜に配分されたということ――には、深い意味があると言わなければならない。そしてこの区分が、たとえば春夏秋冬の区分、あるいは幼成老の区分へと発展していったのである。朝は春、夏は昼、秋は夕、冬は夜というように。こうして、言語が、とりわけその最初の現われである神話空間が、つまり詩が、その広大な領域を手に入れたのだ。

人類は『だいどころ』からはじまった。そしてその『だいどころ』は根源的に母の場でなければならなかった。なぜなら乳を含ませるものは母であり、幼いものの眼すなわち始原の眼には、食卓は乳の延長にほかならなかったからである。降り積もる母の記憶が『おばあさん』として結晶する。表面的には風景のなかにたたずむ年老いたものでしかないが、それが限りなく重く懐かしいのは、夥しい食卓の記憶を海綿のようにたっぷりと含みこんでいるからだ。

『おばあさん』も『だいどころ』も、家の中心に位置している。いや、家は『おばあさん』と『だいどころ』のまわりに成立したのだ。だが、その『家は』いま、どうなっているか。むろん、もぬけの殻だ。「返事はなく／ドアは開かず／母親の声も冷めて」しまったもぬけの殻の「朝」、もぬけの殻の家。

山崎るり子がひっそりとその姿を現わしたのはこの空間である。「何もない台所で／女の人が包丁をにぎったまま／立っている／そんな絵」のなかだった。

はじめは手探りしていたにすぎない。それも現代の神話ともいうべきテレビ画面などが流布する『おばあさん』のありふれたイメージのまわりをうろうろしていたにすぎない。だが、この「女の人」は「包丁」をにぎっていた。幼児の喃語、擬音語、擬態語、つまり呪文としての言葉を。この呪文はときおり、まっすぐに人類の起源へむかって突き刺さる。

こうして『風ぼうぼうぼう』の眺望が開ける。尾根の風が「ごぉおおん　ごおおおん／ざあぶ　ざあぶ　ざあぶ」「ざあらい　ざあらい／ぞーん　ぞーん」吹きつける眺望が。

恐怖も不安も日常のさなかにしかない、当然のことだ。人類の起源は、朝、昼、夜という日常を発明したところにこそひそむからだ。日常そのものが恐怖であり不安であること、知れている。非日常的な恐怖と不安などたかがつまり人間が人間になったところにこそ恐怖と不安がひそむこと——それこそまさに『おばあさん』の『だいどころ』の『家は』いまやもぬけの殻でただ『風ぼうぼうぼう』と吹きつける場にほかならないということなのだが——、そのことに気づいてしまったことが、すなわち山崎るり子の現在なのだ。

パンドラの箱を開けてしまった、ということかもしれない。『風ぼうぼうぼう』にいたって、言葉はいよいよ鋭く細く研ぎ澄まされ、しかも、恐怖はむろんのことかすかな不安にさえもしなやかに揺れそよぐようになってしまった。一見おだやかに、ときにはのどかにさえ見えた光景が、当然のように反転して、不気味な深さをたたえる闇と影が前面に迫り出してきた。

もしも現代において、食の世界が人と人を結びつけることをしないならば、性の世界もまた人と人を結びつけはしないだろう。不在の食卓のその不在は、不在の子供部屋はもとより、不在の寝室へと広がってゆくだろう。詩人が上品に避けてきたものにまで、闇と影はしのびよってゆくに違いない。山崎るり子が触れてしまったものは、おそらく、この詩人が想定していただろうよりもはるかに深く広く大きい。もう、言葉の風を拒むことも遮ることもできない。

そう、これからがまさに見ものなのだ。


(2005.5.12)

この世はおばあさんの入れ子である　種村季弘

箱根細工などでよく入れ子の小箱を見かけることがある。箱の中に箱があり、その箱の中にまた箱がある、といった例のカラクリ細工である。

山崎るり子さんの『おばあさん』は、その伝で行くと、さしずめおばあさんの入れ子細工である。「あのころのおばあさん」を「このごろのおばあさん」が昔語りして、それを聞いているお母さんらしい「私」もいずれはおばあさんになるのだろうから、おばあさんの中におばあさんがいて、そのおばあさんの中にまたおばあさんがいる。いつまでもいつまでもおばあさんが、卵から卵が生まれるようにぞろぞろぞろぞろ続いている。

おばあさんがゆっくりゆっくり歩いている。若者が追い越す。それをまたランドセルをカタカタ鳴らしながら子供たちが追い越して行く。世代交代の図解のような光景だ。その中でおばあさんは世代交代を生ぜしめる生殖活動をとうに終えている。だがいまを盛りの生殖活動＝世代交代も、いにしえのおばあさんなかりせばこのようには存在しなかっただろう。消滅し見えなくなって行くおばあさんあればこそ、ひきかえにおばあさんが遺した目に見える今のすべてがある。ということは、おばあさんの入れ子という大きな持続が手ごたえ確かな本質で、他の目に見える一切ははかなくもたあいのない現象にすぎないということだ。

　そんなことはだれしもがわきまえている。だから詩にならない、と思われており、思われてきた。その死角を山崎さんはまことにあっけらかんと、それも光のように透明でわかりやすい言葉で突破した。

　作者が女性なので、女性に特有の子宮感覚に裏打ちされた世代交代の入れ子構造には、それだけ自明の安定した実感がある、と一応は言えそうだ。しかしこの作者にかぎっては、それだけのことではない。むしろ生理的または情緒的実感は希薄で、論理的構築性を感じさせる。世代交代という時間の入れ子構造だけに構築性があるのではなく、時間がほとんど流れない内部とはげしく動きまわる外部との空間的対応の構図もあれば、死棺に入って行く先がそのまま胎内に回帰して行く「箱」のようなトリッキーな仕掛けのある、どこか深沢七郎の『楢山節考』やC.S.エッシャーの不思議な空間構造を思わせる、不気味な諧謔詩もある。

　総じておばあさんは「小春びよりのひるさがり／…／固いものを／やわらかくする仕事を／している」という。豆を煮るようにことことととろとろ、「もとの自分にもどっていいよ」といいながら固いものを、とりわけ言葉を、やわらかくする仕事をしている。ことほどさようにおばあさんは、知的に学習したむき出しの固い論理ではなく、身体性を通して平明にやわらかくした言葉を紡ぎだす。そうでなければ、いわゆる現代詩の常套句をそのつどかわしながら現代の時間を出し抜いて、おばあさんと猫と子供が冬の日のガラス戸のこちら側でのどかに日向ぼっこをしている特権的な無言と無時間のコーナーに、まんまと逃げおうせる曲芸に成就できたはずはない。

（『第二回駿河梅花文学賞作品集』二〇〇〇年二月）

『だいどころ』小感

那珂太郎

人は生まれ、しばらくこの世に在りつづけ、やがて消えてゆく。その間に人は何万回、いや何十万回、食事をするだらう。その都度使はれる台所、あまりに日常的な、ありふれた場所だ。これを題材に、一冊の詩集を成り立たせることが可能だらうか。

詩は冒険である。少くとも冒険を含まなくては詩を書く意味はないだらう。言葉と言葉の未知の組合せ、嘗てだれも踏査したことのない領域の開拓、そんな目新しさはここにはないかもしれないけれど、ごく日常的な言葉で日常的な題材をもとに、人の生の根元を見つめようとする。そこが冒険といつていい。日常的現実が、作者の視点と思念によつて、より大きな空間と時間の中に捉へ直され、ときに台所の「ゆうれい」までも見るのである。さりげなく謎もかくされてゐる。あるいは台所のゴミ袋になつたり、ゴキブリになつたり、猫になつたりして、多角的に詩集題名に沿つた作が蒐められてゐるが、これはおまけ。

或るすぐれた詩人が、「炊事」には詩作や詩の読解に通ふ興趣がある、と言つたのに私は驚かされ、かつ感服したことがあるけれど、それに匹敵する新鮮さを私はこの詩集から感じ取つた。

（「花椿」二〇〇〇年十二月号）

みんないっしょに

井坂洋子

山崎るり子は第一詩集でずいぶん思いきったタイトルをつけた。詩集を最後まで読んで、これでしかないタイトルだと納得するけれども、おばあさんというのは一体誰を指しているのか。多くの年寄りに共通の属性を兼ね備えながら、どこの誰とも特定できない。『おばあさん』はたとえ八十八才の人が読んでも、自分のことのようには読めないだろう。

ひとつには、人はめいめい名前をもっていて、個人として生きるほかなく、またそこに誇りもある。自分をおばあさんなどと認識しているわけではない。でも、そういう人でも、遠くを行く年寄りを「あのおばあさん、派手ね」とつぶやいたりする。つまりおばあさんとは、遠目の存在なのである。

もうひとつは、「昔話」という詩を冒頭に置いていることでもわかるように、作者は明らかに、架空のものであるとの意識で書いている。かつて日本各地にいたという昔話の語りべ（「語り婆さ」等）のことも頭を横切ったかもしれない。冒頭の詩「昔話」は、その語りが継承されていったことを暗示している。そして「私」もついには「語り婆さ」の一人になって、語ったことが以下の詩篇であるという詩集の構造になっている。

とは言え、物語るのは起承転結のあるお話ではなく、詩はやはり詩であるのだが、ただ作者は、語りべの位置を詩に取り入れて、その位置を不動のものにしていると思う。

山崎るり子は詩を書き始めたのが比較的遅かったようだが、書き始めはたいてい曖昧な「私」から出発するものだ。また、幻想的であっても私詩にこだわることも多い。けれども彼女の詩は「私」を主人公とはせず、「私」は語り手とともにあって、最初っからそれが完成された形だった。作者、語り手、主人公のうちの、語り手がしっかりと確立しているというのは、彼女のすべての詩集に共通した大きな特徴だろう。

また、その詩を読んで感じるのは、描かれる世界がバラエティーに富み、一篇一篇の様式がみな違うということ。そして、詩の書き出しを読み、大体こういうところに落ち着くだろうというこちらの予想を快く裏切ってくれることだ。読み進めるうちに意外なところへ出る。『おばあさん』の中で言えば、「お帰り」「空」「早秋」「秋」「窓辺」などがそうか。

「空」は読後、胸がきゅっとなるお話だ。主人公は手品師のおじいさん。相棒の鳩と、年寄り同士という設定がもうすでに切ない（犬と人がおばあさん同士という詩もあった）。主人公が夢想する鳩と自分の最期、それがじつに清らかで、裏腹にさびしくて哀しくて、何とも言えない気持にさせられる。

詩は真理を追求するものではあるが、感情の産物であり、その領域をすっとばしては読み手の心に残らない。山崎るり子は、理と情の重なった良質なファンタジーを作る。その語りのうまさには天性のものを感じさせる。

この「空」や「お帰り」などは設定からして変わっていて、どのように展開していくのか興味がそそられるが、じつにさり気なく始まり、そのさり気なさゆえに見逃してしまうけれど、いい比喩だなと思ったのが次の四行だ。

弱った蝶を
そっと葉っぱの上に乗せるように
季節の上に　そっと
乗せられている

（「早秋」）

蝶の羽根は脆く、いのちは儚い。弱った蝶をつまんで葉の上に乗せる――誰でも一度は経験しているだろうことで、何ら特別なことではない。優しさというにはあまりにささやかすぎるひとり言のようなひとり事。それを詩で掬い取ったことに、詩人の本性が表われている気がする。

もっともこの四行は、比喩としてはよじれている。書き出しの二行では行為の主体のほうに（あるいは蝶をつまんだ二本の指のほうに）意識が向くのだが、続く二行では主体が反転し、誰かにつままれて季の上に置かれている、となっている。その反転には意味があって、主体がふわっと足掬われる感覚が、最終連の「私」の迷路に落ちている不安感に通じていく。

けれど「私」は不安ではあっても、蝶のように誰かにそっとつままれる、その誰かである大きな存在（大きな流れ）に身を委ねている——一篇全体がそのような方向に向いているので、この認知症のおばあさんの姿は悲惨ではない。

この詩にしてもそうだが、山崎るり子のものの見方や考え方はそう特殊なものではなく、順調に年を重ねていく多くの人間が抱くところのものかもしれない。しかし、その太くゆったりとした基盤があるからこそ斬新なアイデアの建造物が建てられるのだ。

たとえば、「仲間」はすべては一緒に老いていき、風化するのだという詩であり、「街角」は自分はもう時を使い果たしてしまったけれど、子どもは自分を追い越しその先をゆくという詩である。

こう説明してしまうと、読まなくてもわかった気になるが、その詩には人を振り向かせるに足るものがある。

「仲間」は、まずお風呂場から始まっている。

残り少ないシャンプーに
湯を足し振っている人も
薄められ揺すぶられて泡立つシャンプーも
酸化する
老化する
風化する

シャンプーの容器にお湯を足し振っているという、これもひとり事だろう。弱った蝶を葉の上に乗せたというようなひとり事を捉えるセンスが、ここでも発揮されている。

この詩は、シャンプーとそれを使う人、夢を見ている老犬と夢の中の若かりし頃の犬、「七日後に二十になるフリーター」と「その日に向かって　突進していく時間」というふうにすべてが対になっている。それらは「酸化する／老化する／風化する」ものの代表として選ばれたユニークな事どもなのだけれど、この詩は単にすべてが老化するということを言いたいのではなく、「一緒に老化する」ことを言いたいわけで、だから対でなければならない。そして、こう結ばれる。

一緒に老化することで
私はあなたたちを見捨てない
一緒に風化することで
私は私を　一人にしない

最後の一行はなかなか出てこない言い方ではないか。作者は語り手の位置から、自分をも人の中に入れて見ている。みんなの中の一人として見ている。
ところで引用は二行ずつの対句になっているが、山崎るり子は対句を多用する詩人であり、それはすべての詩集を通して言えることだと思う。

相手の炎で自分を燃やし
自分の炎で相手を燃やし
（「焼却炉」）

エンピツだとおもうから
クイクイとナイフで削るのだけれど
心だとおもうと
痛い痛い　歯をくいしばって削る
（「おもうと」）

「焼却炉」の引用は、相手から自分へ、自分から相手へというもので、一方通行でなくつねに視点を移して逆向きから眺めてみるこの作者の公正さ（ということばはふさわしくないかもしれないが）にも繫がる対句で、視点移動は作者の詩のふくらし粉ともなっている。
「おもうと」は、山崎版マザーグースの（ナンセンス）歌である。この一篇ばかりでなくマザーグース的要素はどの詩にもある。冒頭で私は「昔話」の語りべのようだと言ったが、その詩作品は、日本的なマザーグースだと捉えてもそれほど間違ってはいないかもしれない。
ところで、「おもうと」は対句が歌詞のように一番、二番と繰り返されていく構成だ。誰でも読めば気づくことだけれど、山崎るり子の詩は、時には句や節が、時には連が、繰り返しのリズムによって成り立っている。大波小波の重奏的な繰り返しやずれが、ことばの魔術的効果を生みだしているのだが、それはゲンジツの恐ろしいような不条理な力から身を守る役目をしているのだろうか。

とは言え彼女のことばは、呪術的というよりむしろ世界に対するある種の信頼感から発せられている感じがする。

第二詩集の『だいどころ』は、不登校やキッチンドリンカーの詩、あるいは核シェルターを作る子どもや原爆を連想させる詩など、社会的な切り口をもち、その暗部を見つめた詩が並んでいる。事柄はきついが、ことばで人を驚かせたりはしない。繰り返しによる口調の整えが、事柄のきつさを柔らげ、回り道しているような感触を与えている。また、寓話的要素をまぜることによってゲンジツからわずかに浮きあがっている。つまり作者はじつに「そおっと」傷口に触れるのだ。

あまりに「そおっと」なので、キッチンドリンカーや核シェルターを掘る子どもの詩などは、(こちらを身構えから解き放ってくれるのだが)焦点がぼやけて狙いとは別物になっている気がする。

戦争を扱った詩で傑作だと思われるのは、四番めの詩集『風ぼうぼうぼう』の「ダイコン」、それに「立つ」である。「ダイコン」は、息子を戦場へと送り出した母親が、さまざまな思いを胸にダイコンを切っているという詩だ。作者は独創的な擬音語を作り出す名人だけれども、ここでは「カタカタカタカタ」という平凡な音がもっとも効果的に響いている。「カタカタカタカタ／遠くの方からも　ひびいてくる」という結びも、もうこれでしかないというもので、対の精神が活きていると思う。「立つ」はこちらを向いている母子像の絵を見ているという設定だ。この詩はその絵の説明に終わっていない。読んでいるこちら側を衝きあげ、涙が出そうになる。絵を見ている者がかつてのあの閃光と爆風になって母子を焼くというのだから。

山崎るり子のこの種の詩について、私は以前こう書いた。

「どんなに恐しい大きな問題を扱っても、描かれているのはダイコンを切る音だったり、甘い蛇口から漏れる水滴だったり、赤ん坊の髪だったりと生活の範囲を出ない。話の大きさに反比例して、題材が小さく儚く脆いものへと向かうように思えるほどだ。／そして、それらの実景が、物を言うためにだしに使われているようには感じられない点も、山崎るり子の詩が負担にならない理由のひとつだろう。」

　生活の細部に愛とこだわりをもっている詩人であるが、それを揺るがす大きな力に抗するときに、観念の鎧をできるだけぬぎ捨て、感情が泉のように湧いてくる景だけを差し出す。二篇ともそれがうまくいった例だろう。

　ところで、山崎るり子はとてもシンプルな詩集（や各詩篇）のタイトルをつける。タイトル即テーマや題材と言ってもいいぐらいだが、三番めの詩集の『家は』に込められた思いとはどのようなものだろうか。

　私事で恐縮だが、去年父が八十三才で逝った。亡くなるひと月程前、数日間の検査入院から帰ってきても、ここが自宅だという感じがしなくなったらしい。「家に帰りたい」と言い続けた。帰りたい、戻してくれというのが口癖になった。

　それは父に限った話ではないように思う。人は故郷や家や母胎へ戻りたいという、時間を逆流する欲望をもっている。生命が盛んな時は前へ前へと時間を渡っていくのだが、ひとたび傷ついて心弱くなったり、病に倒れたり、年老いて自由に動き回れなくなった者は時間をさかのぼっていく。そこに幸福と安心があるかのように、だ。『家は』には、時間をさかのぼる詩（「あの家」）や、さかのぼって、やり直すべく新たに生まれ出てくる詩（「母猫」や「家は今も」）まである。「あの家」の結びを引用する。

「お世話になりました
そろそろ家に帰ります」
年取って
いろいろなことがわからなくなり
自分の家にいるのに
荷物をまとめだしたりしたら
帰りたい家は
見えない貼り紙のしてあるあの家
走って帰りたいあの家
困っている人　淋しい人　さあさあどうぞ
いつもだれかが待っていてくれた

あの家のことです

死ぬということは、自分が自分の奥へとどんどん駆け出していって、ふっと消えるイメージがあるが、消えるのでなく、逝った先に何か受け止める形があるのかもしれない。山崎るり子の詩はそんな思いを促す。ほんとうに、亡くなった人がみな、「あの家」に帰ったのだと考えられたらどんなにいいだろう。

しかし彼女は不確定要素の強い未来を描かないように、死後の世界のことまでは書かない。ただ、この世とあの世の交差点を見つめる。『だいどころ』に、あの世から息子が、炊き込みごはんを食べに、命日には帰ってくるという詩がある。毎年炊き込みごはんを作って、供えていたおばあさんもやがて、息子のところへ召される。すると今度は孫が、おばあさんと息子に炊き込みごはんを供える。

みんな
あの世とこの世の一部として
ここにいる
おばあさんは　なつかしい火に
ほんのりと染まりながら思った
そして息子も孫もいるみんないっしょの
あたたかな大きなものの中に
包まれていった

右は「炊き込みごはん」のラストだが、引用三行めの「ここ」とは、この世のことだろうか、あの世のことだろうか。

おばあさんの幸福な最期を連想させる書きぶりだが、おばあさんはとっくに死んでいる者であって、厳密に言えば死の死が描かれている。命日にいっときこの世にやってきて、また死の側に戻る時と言ってもいいが、ということは人は何度でも死に、何度でも生き返るのだ。注目すべきはやはり、息子（死者）も孫（生者）もいる「みんないっしょ」の「ここ」という概念だろう。

もしかしたら場所を指しているのではないのかもしれない。生者でも死者でもない（あるいは生者も死者もひとつの）幻の共同体が「ここ」なのではないか。私たちは生きていても、死んでいても、変わらず「ここ」の住人であるらしい。こちらは作者の長い腕の中で、ほほえみかけられながらそれを知る。それを信じたいと思う。時々疑念が射し込むこともあるが、何度でも詩集を読めばいい。気持を明るくする力をもらえると思う。山崎るり子本人よりも、一段と高いところにその時彼女はいて、自分自身をも抱擁している。それが山崎るり子の詩を書く行為なのだろう。

（2006.3.27）

山崎るり子さんと私

中神英子

山崎るり子さんとは、二人誌「花野」の仲間だ。といっても、私は自分が詩人〝のようなもの〟ではないか、とこの頃疑ってみたりする。山崎さんの「夕暮れ」という詩。この文章を書くために読み直していてそう思った。山崎さんの詩は、時々怖い。彼女は、普通に、とても怖いことをためらわず書く。世界は本当に、〝のようなもの〟でいっぱいだ。その〝のようなもの〟に頼って生きている私たち、かなり〝のようなもの〟化してはいないだろうか。

彼女は、戸棚から物を探し出すようにさらさらとうたう。なぜか彼女にはたいていの事象が深く根ざさない。忘れる。

私は、ずいぶん前から、詩やらファンタジーやらを書きちらかしてきた。私は、なぜ自分がそんなことをしてきたのかと考える時、単純に書かないではいられないからとか自分のかたちを知りたいからとか生きていくということの手触りを記したいからとか、とにかく、その時その時、色をかえて現れる理由の他に、やがて、私の書くものによって現れた〝私〟を受容し、理解し、そして共感してくれる誰かと出会いたいからだ、と気づいた。それも、一方だけでなく、対した相手の作品をも、私が同様に感じられる人。あえて、友人と呼ばせて頂くとして、そのような友人は、そうそうた易く見つかるものではない。それでも、私は出会いたかった。

病気がちでなかなか世間とうちとける機会のない私にとって、書くものの中に、私の核心が存在していると思うために。

私は、約八年前山崎さんと出会った。「花野」は創刊から七年余になる。年約三回、十五部程度発刊している手作りの詩誌。お金があまりかからないこと、手にした方にきれいだと思ってもらいたいこと、そして長くつづけたいこと。試行錯誤の結果、美術の心得のある山崎さんが一冊見本を作って下さり、かたちが決まった。私は、彼女と出会うまで同人誌というものにも臆病になっていて、長年一人、投稿に頼って書いてきていた。「現代詩手帖」の投稿欄は、私を鍛えて下さったが、自分を信じるということの苦手な私は、ともすると他の投稿作品を真似てしまうような感じになり、厳しかった。私は、自分の戸口が見えず、もう詩作をやめようかとすら考えた。世間は、ぼんやりと薄暗かった。

そんなある日、「婦人公論」を本屋で手に取った。詩欄の選者は、前選者から井坂洋子さんに変わったところだった。私は、以前から井坂さんをすごいなと思っていて、すぐ投稿に入った。私がその本を手にしていた頃、山崎さんも違う町で同じ本を手にされていた。彼女も人生の岐路に佇み、迷われていらしたらしい。「あちこちに手をのばしても、何にも摑めない感じ」正確ではないが、こんなことを彼女は言われたと思う。すぐに、投稿を決意されたという。それが縁だった。

やがて私は、一筋の光を見出し、詩集を出すことにした。出版直後、家に電話がかかってきた。「山崎と言います」声ははぎれよく、いかにも明るくはずんでいた。

「婦人公論」の詩評の欄で、私が詩集を出したことに井坂さんがふれて下さり、山崎さんは買って読まれたということだった。「中神さんの詩集良かったです。私も詩集が出したいんですけど、出されて後悔はありませんか?」と問いかけられた。私は、しっかりした出版社から詩集を出すのが夢だったので、「良かったです。後悔はまったくありません」と答えた。他にもたくさん話をした記憶。すでに長い知り合いのようだった。私はとてもうれしく、その時の、歯医者さんから帰ったばかりの真昼の空気感や、本棚(なぜか本棚)の立っている室内のあかるい景色までよく憶えている。

彼女は、「子供の本を楽しむ会」という児童文学を読む会に入っておられるが、詩作は、始められたばかりということだった。

私のような細い糸をしっかり握り、その後彼女の出されたのが、名詩集『おばあさん』だった。彼女は、彼女にもっともふさわしい「詩」という表現方法をそうして摑まえられた。それからは、爆発的と言って良いほどに作品がほとばしり出ている。

私は、文学的土壌がそう豊かでなく、明晰な知力もなく、いわば感じることだけを頼りに書いている。彼女も知性は、とてもバランス良く持っておられるにしても、文学については、ほとんどその世界に足を踏み入れられたことがないようだった。あれだけの想いと筆力のある方がなぜだろう。時々愉快に考える。

私は、投稿期を終え、同人誌を捜していた。以前教えをいただいた故平光善久先生、故岡安恒武先生より、異口同音に同人誌の厳しさ、難しさを私は伺っていた。仲間はまず作品。作品を敬える相手であること、なれあいにならないこと。こういう言い方は変なのかもしれないが、山崎さんは、たからかな感じがした。接した人の心を解放へ解放へと向かわせる、そんな感じ。ご一緒したいとすぐに思った。『おばあさん』が出るまでにはまだ間があった。ただ、井坂さんが選ばれたという事実は、私に経験したことのない畏怖を抱かせてもいた。私は、妙なびくびく感の中で「花野」のスタートを切った。やがて、不思議な安堵が訪れた。『おばあさん』を読んだ私は、それまでの私の詩経験の空高くを、軽々と飛び越して行く山崎さんの、見事なやさしさに心打たれた。自分の慢心を深く恥じた。彼女は、やさしさも切れが良い。

『おばあさん』を読んで、すぐであったか、少し時が開いていたか、おそらく私が、ファンタジーを書いていた頃、「そういえば昔、私もお話を書いたことがあったぞ。忘れてたけど、今、思い出した」（山崎さんらしい）と言って、彼女の生まれ育った信州の小さな同人誌から日本児童文学へ転載された「湖の糸車」という物語を送って下さった。拝読して驚いた。既に三十年以上も前、彼女が少女期を抜けたころ、彼女は、『おばあさん』に現れる、ある普遍的な主題を当然のように持っておられた。おばあさん。尊ばれるべき人、やさしい人、弱い人、古びた人、疲れた人、人によっては、汚らしい人。そのような概念を彼女は新しく生み変え、そして、おばあさんを「どこか妖精めいた存在」（荻原裕幸氏）、野原に無垢に咲く花のような存在として感動的に甦らせた。その感覚が既に、「湖の糸車」に漂っていた。

「小説家は生涯ひとつの歌を歌い続けるしかない」（福田宏年氏）。これは、ある小説の解説で読んで以来、私に焼き付いている言葉だが、「湖の糸車」を読んだ直後、甦った。小説家というところを創作者と読みかえても良いと思う。音楽やら絵やら、八百屋のように好きなものばかり多い私は、付録のように折々それを感じてきた。言葉は、こう続いている。「かりに、僅かづつでも歌の響きに深まりがあれば、それは希有なこととしなければならない」。『おばあさん』での深まりは、言うまでもない。そのことを山崎さんに言うと「進歩がないみたいだねえ」と笑われたが、冗談ではない。創作しようとする者は、その「ひとつの歌」をまず、場合によっては死にものぐるいで自らの中に求め、確立しなければならない。そう考えるのは、非力な私だけだろうか。

更に私は、山崎さんはそのとき、〝おばあさん〟の近くで暮らしている方と思い込んでいた。彼女は、「違うよ」と笑われた。私は、自分の読解力のなさに自信をなくしたが、最近になり、彼女は長女として誕生され、「まり」という猫とおばあさんに、可愛がられ（？）育ったのだと伺って、なるほどと納得した。私は、二作の「まり」、「まりに」が大好きだ。もうひとつ上げさせて頂ければ、「桃」。あの人間の土の匂いのするような、暗くひかる情感にぞくぞくさせられる。

私は、お墓のことで悩んでいた時期があった。唐突に何だ、と言われそうだが、どこの家でも起こりうることだと思う。山崎さんに相談したら「私は千曲川に散骨が希望」。これも、ためらわず言われた。信州の田舎に生を受けられた彼女でもある。いろいろ考えられただろうが、普通に言われた。「まりが生んだ子供は、おばあちゃんが千曲川に捨てに行った」。猫の話をしたとき言われた。むかしむかしの話だ。彼女もその故郷の千曲川にいつか戻る。はるかだと思う。

山崎さんは、遠くに行きたがらない。授賞式の前など、私は電話を控えた。日にちの決まった外出時は緊張が高く、帰るとよく風邪をひかれる。ある授賞式から帰られ「ああ、ぶったおれなくて良かったあ、ほんとに」と、私を笑わせた。家（テリトリーの中）で自由きままにしているときだけ、遠くを感じることができる。私も、そんな所、似ている。

彼女の詩は、紙の上に留まらず、電話などで話していても、すうっと私の中を通っていく。私はこの頃、山崎さんの信じ方、あきらめ方が、少しわかるようになった。おそらく「ひとつの歌」の在処。彼女のそのものさしは、長くも短くもなく、彼女の丁度良い唯一の場所にあって、彼女自身が計れば、それは不動の彼女の真実となる。彼女の提示するそれらは、小さなものも巨大なものも笑うものも怒るものも、彼女の計ったサイズを持つが、同じ重力。同じ重力で日常という空間に悠々と浮かんでいる。他者の何かで動くことはない。それが彼女の「詩」。

今、山崎るり子さんは、さまざまなことを話すことのできる、私の得難い親友になって下さった。これからも彼女はひとつの歌をより深く響かせようと生き、詩を書き続けるだろう。私は、それを楽しみにしている。

（2005.5.20）

現代詩文庫　185　山崎るり子

発行・二〇〇七年七月一日　初版第一刷

著者・山崎るり子

発行者・小田啓之

発行者・株式会社思潮社

〒162-0842　東京都新宿区市谷砂土原町三―十五

電話〇三（三二六七）八一五三（営業）八一四一（編集）八一四二（ＦＡＸ）振替〇〇一八〇―四―八一二一

印刷・オリジン印刷

製本・株式会社川島製本

ISBN978-4-7837-0961-9　C0392

現代詩文庫

第I期

＊人名（明朝）は作品論／詩人論の筆者

(156) 福間健二　瀬尾育生／鈴木志郎康他
(157) 守中高明　小林康夫／絓秀実他
(158) 平田俊子　吉増剛造／藤井貞和他
(159) 村上昭夫　辻井喬／高橋昭八郎
(160) 広部英一　荒川洋治／岡崎純他
(161) 白石公子　佐々木幹郎／常盤新平他
(162) 鈴木漠　塚本邦雄／清水哲男
(163) 高橋順子　大岡信／池井昌樹他
(164) 池井昌樹　天沢退二郎／粕谷栄市他
(165) 続続清岡卓行　清水哲男／辻征夫他
(166) 倉橋健一　坪内稔典／松原新一他
(167) 高貝弘也　吉岡実／新井豊美他
(168) 御庄博実　長谷川龍生／北川透他
(169) 続吉原幸子　大岡信／多田智満子
(170) 井川博年　川本三郎／八木幹夫他
(171) 加島祥造　原満三寿／池崇一他
(172) 続続吉原幸子　谷川俊太郎／新川和江他
(173) 続粕谷栄市　横木徳久／野村喜和夫他
(174) 小池昌代　飯島耕一／井坂洋子他
(175) 征矢泰子　新川和江／新井豊美他
(176) 八木幹夫　小沢信男／新倉俊一他
(177) 続入沢康夫　野村喜和夫／田野倉康一他
(178) 岩佐なを　城戸朱理／矢川澄子他
(179) 四元康祐　栩木伸明／谷川俊太郎他
(180) 山本哲也　吉野弘／北川透他
(181) 続続辻征夫　清岡卓行／高橋源一郎他
(182) 友部正人　谷川俊太郎／宮沢章夫他
(183) 河津聖恵　新井豊美／瀬尾育生他
(184) 星野徹　笠井嗣夫／武子和幸他
(185) 山崎るり子　三浦雅士／井坂洋子他

(1) 田村隆一
(2) 谷川雁
(3) 岩田宏
(4) 山本太郎
(5) 清岡卓行
(6) 黒田三郎
(7) 黒田喜夫
(8) 吉本隆明
(9) 鮎川信夫
(10) 飯島耕一
(11) 天沢退二郎
(12) 吉野弘
(13) 長田弘
(14) 吉岡実
(15) 富岡多恵子
(16) 那珂太郎
(17) 安西均
(18) 長谷川龍生
(19) 高橋睦郎
(20) 茨木のり子
(21) 安水稔和
(22) 鈴木志郎康
(23) 生野幸吉
(24) 大岡信
(25) 関根弘
(26) 石原吉郎
(27) 谷川俊太郎
(28) 白石かずこ
(29) 堀川正美
(30) 岡田隆彦
(31) 入沢康夫
(32) 片桐ユズル
(33) 川崎洋
(34) 金井直
(35) 渡辺武信
(36) 安東次男
(37) 三好豊一郎
(38) 中桐雅夫
(39) 中江俊夫
(40) 高野喜久雄
(41) 吉増剛造
(42) 渋沢孝輔
(43) 高良留美子
(44) 三木卓
(45) 加藤郁乎
(46) 石垣りん
(47) 木原孝一
(48) 北川透
(49) 菅原克己
(50) 多田智満子
(51) 鷲巣繁男
(52) 寺山修司
(53) 木島始
(54) 清水昶
(55) 金井美恵子
(56) 吉原幸子
(57) 藤富保男
(58) 岩成達也
(59) 井上光晴
(60) 会田綱雄
(61) 北村太郎
(62) 窪田般彌
(63) 辻井喬
(64) 新川和江
(65) 吉行理恵
(66) 中井英夫
(67) 粕谷栄市
(68) 清水哲男
(69) 山本道子
(70) 宗左近
(71) 中村稔
(72) 粒来哲蔵
(73) 諏訪優
(74) 続飯島耕一
(75) 荒川洋治
(76) 佐々木幹郎
(77) 正津勉
(78) 辻征夫
(79) 安藤元雄
(80) 藤井貞和
(81) 大野新
(82) 犬塚堯
(83) 小長谷清実
(84) 江森國友
(85) 天野忠
(86) 嶋岡晨
(87) 阿部岩夫
(88) 関口篤
(89) 衣更着信
(90) ねじめ正一
(91) 菅谷規矩雄
(92) 井坂洋子
(93) 片岡文雄
(94) 伊藤比呂美
(95) 新藤凉子
(96) 青木はるみ
(97) 中村真一郎
(98) 嵯峨信之
(99) 稲川方人
(100) 平出隆
(101) 松浦寿輝
(102) 朝吹亮二
(103) 続荒川洋治
(104) 続藤井貞和
(105) 続寺山修司
(106) 吉田文憲
(107) 瀬尾育生
(108) 続谷川俊太郎
(109) 続続谷川俊太郎
(110) 続田村隆一
(111) 続続田村隆一
(112) 続天沢退二郎
(113) 続続天沢退二郎
(114) 新井豊美
(115) 続吉増剛造
(116) 続続吉増剛造
(117) 続鮎川信夫
(118) 続北村太郎
(119) 続吉野弘
(120) 続石原吉郎
(121) 続鈴木志郎康
(122) 川田絢音
(123) 続続吉野弘
(124) 続北川透
(125) 続白石かずこ
(126) 続清岡卓行
(127) 続宗左近
(128) 牟礼慶子
(129) 続吉岡実
(130) 続辻井喬
(131) 続大岡信
(132) 続新川和江
(133) 続川崎洋
(134) 続清水昶
(135) 続高橋睦郎
(136) 続長谷川龍生
(137) 続中村稔
(138) 八木忠栄
(139) 続佐々木幹郎
(140) 城戸朱理
(141) 野村喜和夫
(142) 平林敏彦
(143) 続渋沢孝輔
(144) 続那珂太郎
(145) 財部鳥子
(146) 続長田弘
(147) 吉田加南子
(148) 続清水哲男
(149) 辻仁成
(150) 木坂涼
(151) 田中清光
(152) 阿部弘一
(153) 続続大岡信
(154) 続続鮎川信夫
(155) 続辻征夫